T A S C A B I L

Chiara Moscardelli

Volevo essere una gatta morta

GIUNTI

Questa è un’opera di fantasia.
Ogni riferimento a fatti e persone realmente esistiti è puramente casuale.

www.giunti.it

Via Bolognese 165 – 50139 Firenze – Italia
Via G. B. Pirelli 30 – 20124 Milano – Italia

Prima edizione: giugno 2016

alla comitiva del giovedì,
ciò che ho di più caro al mondo

Un po' di anni fa.
Quando ti cresce una tetta… una sola però!

Mi svegliano all'alba, violentemente.

– Su, in piedi, mica stiamo in un albergo a cinque stelle qui!

– Come scusi? – rispondo ancora intontita.

– Dobbiamo rifare i letti e tra poco passano i dottori.

Vengo riportata brutalmente alla realtà. Metto a fuoco quello che mi sta intorno. Pareti bianche, pavimenti bianchi, tavolino di metallo.

Oddio! Non sarò mica in manicomio?

Poi inizio a ricordare. Non è un manicomio e non è neanche un albergo.

Sono in ospedale.

– Ma che modi sono? – provo ad articolare.

– Senti bella, qui noi stiamo a lavora'. Sei in ospedale sa', che ti credi?

– Davvero? E io che pensavo di essere in un centro benessere.

– Spiritosa. Guarda che qui ci sono dei malati, – e si dilegua, anche un po' stizzito.

Rimango esterrefatta.

Avrei voluto rispondergli, ma era stato più veloce lui a scomparire che io a parlare.

Mi metto seduta sul bordo del letto, decisamente seccata: un sano litigio mi avrebbe fatto bene.

Siete mai stati ricoverati? Mi auguro per voi di no. Per me invece questa è stata la prima volta di una lunga serie. Quindi fidatevi di quello che vi dico, ho esperienza in proposito.

Durante la degenza, c'è un evento giornaliero che non potete proprio mancare: il giro dei dottori.

Tra le nove e mezzogiorno dovete interrompere qualsiasi attività. State per ricevere una chiamata? Spegnete il cellulare perché non si può parlare al telefono mentre passa il primario. Finalmente il bagno si è liberato e non vedete l'ora di lavarvi? Ormai è troppo tardi, dovete rimandare.

Il suo arrivo genera più emozione e aspettative di quelle che una volta vi suscitava Babbo Natale. Ed è giusto, perché sarà lui a decidere del vostro futuro, a visitarvi e deliberare la cura che fa per voi.

Tutti devono quindi rimanere nelle proprie stanze, seduti sul letto, in ordine. In camera non deve esserci una cosa fuori posto, su questo il capoinfermiere è rigoroso. Guai affacciarsi nel corridoio e provare a mettere un piede fuori, sarete subito richiamati.

Io mi ero immediatamente adeguata alle circostanze. Dopo essere stata svegliata con la delicatezza e le premure che ogni malato dovrebbe ricevere, ho ripulito il mobile accanto al letto, mi sono infilata in bagno prima di tutti gli altri e ora sto seduta in silenzio con un libro tra le mani. Sono sempre stata una secchiona.

Poi sento dei rumori nella stanza vicina e un vociare di sottofondo.

– Sta arrivando! – mi dice la ragazza che occupa il letto accanto al mio con la voce rotta dall'emozione.

– Già.

E come per magia, eccolo: il primario fa il suo ingresso nelle nostre stanze.

Entra con passo deciso seguito da uno, due, tre, quattro, cinque, sei, sette, otto, nove, dieci, undici, dodici, tredici… quattordici ragazzi vestiti di bianco. O meglio, io ne conto quattordici, in realtà ce ne sono altri che spingono perché non riescono a entrare. Li vedo fare capoccella dal corridoio, allungare la testa nel disperato tentativo di vedere e ascoltare il loro vate.

Una donna è in piedi accanto a lui con una cartellina in mano, la *nostra* cartellina.

– La ragazza qui è ricoverata da ieri. Sta per entrare in sala operatoria. Analisi tutte nella norma.

Lui, il primario, corruccia lo sguardo, si porta una mano al viso a toccare la barba.

Sta pensando, mi dico.

– Vedo, vedo, – sentenzia.

E mentre il primario continua a toccarsi la barba e ad annuire a un amico immaginario, la folla intorno a lui spinge, si accalca, bisbiglia.

Dal fondo qualcuno protesta: – Non vedo e non sento niente…

E mica siamo al cinema!

Gli occhi del primario a quel punto hanno un guizzo.

Di certo sta pensando a come trovare le parole giuste per dirmi quello che mi deve dire. Probabilmente la mia situazione è grave.

– Come andiamo? – mi chiede all'improvviso. Quasi mi spavento.

– Tutto sommato bene, – rispondo un po' titubante.

– Le feci? Sono regolari?

E che c'entrano le feci?

La giovane donna gli afferra un braccio e gli sussurra all'orecchio: – La ragazza ha un fibroma al seno di sospetta origine tumorale.

– Ah.

Nella stanza cala il silenzio.

Sento il bisogno di sdrammatizzare, nonostante il primario non pare essersi scomposto, e lo informo: – Comunque no, non sono regolari...

Soddisfatto per la sua domanda, ma ancor più per la mia risposta, si gira verso la dottoressa e con aria trionfante ordina: – Allora somministriamole un lassativo stasera.

Tutti prendono appunti. Nessuno dei presenti è attraversato dal minimo dubbio: il primario è un genio.

Poi si gira verso l'altra paziente. Tumore o no, lui ora deve passare ad altro, non ha tempo da perdere. Il mio turno è finito.

– E qui? Cosa abbiamo?

– Problemi gastro-intestinali. Abbiamo fatto una colonscopia e una gastroscopia. Stiamo aspettando i risultati. Per ora non le stiamo facendo nulla.

Mi aspettavo un'altra frase a effetto. Invece, dopo un profondo respiro pieno di significati, il primario si rivolge ai quattordici e più soldatini bianchi, che si mettono subito sull'attenti, e dice: – Proseguiamo.

Non poteva dare a lei il lassativo?

Tutti annuiscono con enfasi e camminando come gamberi iniziano a uscire dalla stanza, scontrandosi gli uni con gli altri. L'operazione richiede un paio di minuti abbondanti.

La visita è finita. Molto rumore per nulla, mi viene subito da pensare, e tutto sommato credo di essere stata fortunata. A me, per lo meno, un paio di domande le ha rivolte, anche se poco pertinenti.

– Ma poi torna? – domanda la mia vicina.

– Chi?

– Il primario!

– Oddio, speriamo di no. Rischierei una colonscopia...

La visita si era rivelata del tutto inutile, tranne per il fatto che da quella sera, forse, sarei riuscita ad andare in bagno con maggiore regolarità. Ma non ne ero neanche così certa.

Vado a lavarmi i denti, ma lo specchio rimanda un'immagine che quasi non riconosco. Come diavolo ho fatto a trovarmi in questa situazione?

L'estate precedente, durante un safari in Tanzania, mi era cresciuta improvvisamente una tetta. All'inizio non me n'ero preoccupata più di tanto, anzi, ne ero entusiasta. Ho sempre avuto il complesso del seno piccolo. Quando arrivammo a Zanzibar, tappa conclusiva del viaggio, comprai di corsa un bikini. Osservavo la mia tetta cresciuta con gli occhi di un'adolescente che vede per la prima volta il proprio corpo trasformarsi. Mi facevo scattare le foto di profilo, mostrando con orgoglio il lato migliore, miracolosamente rifiorito.

A Roma, sembrava che le cose non fossero cambiate. Iniziai a sospettare che sotto si nascondesse un mistero. Spinta dai miei amici, andai a farmi un'ecografia.

La dottoressa scrutava il monitor con sguardo corrucciato. La mia unica preoccupazione, invece, era che mi sgonfiassero la tetta.

«Ma rimarrà sempre così?»

«No, certo che no».

«Come no? Mica mi dà fastidio! »

«Prima vediamo di che si tratta».

«Ma cosa vuole che sia. Magari è per via del ciclo…»

«Devo usare l'ago aspirato. Le farà un po' male, ma è l'unico modo per capire… »

«Quindi me la aspira?»

« Ma no… »

«Ah, meno male».

Provai un dolore lancinante, anche se, a dire la verità, la mia soglia del dolore è molto bassa. Mi disse che mi avrebbero fatto sapere i risultati entro quindici giorni.

Dopo tre, la dottoressa mi chiamò. La sua voce non era tra le più rassicuranti.

«Potrebbe passare in ospedale?»

«Ora? Non posso proprio, sto lavorando e...»

«Le dovrei parlare... delle analisi, cioè dei risultati, e preferirei farlo di persona».

Sentivo che la mia tetta non sarebbe rimasta così grande ancora per molto.

«Non me lo può dire al telefono?»

«Come preferisce. Lei ha un fibroma».

«Cioè?»

«Un tumore. Ma di solito i fibromi sono benigni. Ecco, ora quello che dovrebbe fare subito è una risonanza magnetica per vedere... »

Le sue parole si persero. Le sentivo lontane. Come poteva essere successo? Che dovevo fare?

Chiamai Matelda.

«Che stai dicendo, Chiara? Come è possibile?»

«Non lo so, però è così».

«E ora? Cosa facciamo?»

«Devo fare altre analisi, credo, e...»

«Sei spacciata! »

«Be', non la vedrei proprio in questo modo».

«Oddio, morirai! »

« Speriamo di no... »

Iniziò un lungo calvario di analisi e visite mediche. Dalla risonanza magnetica emerse che il tumore non aveva intaccato altri tessuti. Questo faceva sperare che fosse a tutti gli effetti benigno, ma la certezza sarebbe arrivata solo con l'intervento. Di visite ne feci parecchie. Qualcuno sosteneva che mi avrebbe dovuto asportare tutto il seno, qualcun altro invece mi assicurava che me lo avrebbe salvato, ma parzialmente. Questo «parzialmente» mi inquietava.

«Guarda qui, – diceva un medico a un collega indicando il fibroma, quasi si fosse dimenticato della mia presenza. – Incredibile vero?»

«Sì, incredibile. Mai vista una cosa simile. Dodici centimetri di fibroma, in pratica una palla».

« Scusate! »

«Sì, prego, mi dica».

«No. Niente di importante. È che io sono stesa qui e voi parlate come se non ci fossi e francamente...»

«Be', ma lei è una paziente così rara».

Insomma, ero diventata un fenomeno da studiare, una cavia da laboratorio.

«Certo a te non ti poteva succedere una cosa normale, eh?» mi dicevano Matelda e Luca quasi all'unisono.

Alla fine decisi di farmi operare dal dottore che mi aveva ispirato più fiducia, il primo ad avermi rivolto un sorriso accompagnato da parole comprensive. E vi assicuro che è una cosa inconsueta, la maggior parte delle volte sono troppo impegnati a descrivere il tuo male con paroloni incomprensibili e a liquidarti alla velocità della luce non prima di aver ricevuto trecento euro per la visita «approfondita».

Il giorno prima dell'intervento, Matelda lo volle trascorrere con me, per confortarmi. Il problema fu che per calmarla le dovetti dare tante di quelle gocce di Lexotan che la mattina non riuscii a svegliarla. Mi accompagnò in ospedale solo mamma, Matelda decidemmo di lasciarla dormire.

Ecco perché sono in ospedale. Mi hanno ricoverata ieri e oggi mi operano.

Dicono che l'anestesia può essere pericolosa. Io, onestamente, non vedo l'ora di dormire e non pensare a niente. L'unica seccatura è che non ti fanno né mangiare né bere e io ho una fame da lupi.

Rientro in stanza e riprendo la lettura: *Il conte di Montecristo.* Calzante.

Dopo le undici arrivano tutti: Matelda, appena risvegliata dal coma farmacologico, Luca e Chiara, la mia omonima. O meglio, quasi tutti, perché Michele come al solito si è perso.

– Ma come? Ora ha anche il navigatore! – commento desolata.

– Sì, ma bisogna accenderlo! – risponde Chiara inacidita, ed esce dalla stanza.

– Dove sta andando?

– A prendersi una camomilla, spero, – mi risponde Matelda. – Anzi se vuole ho il Lexotan. Ne vuoi un po' anche tu? Male non ti può fare di certo.

– Ma no, Matelda. Tra poco mi operano!

– Appunto.

Si sente urlare fuori dalla stanza. Chiara sta litigando con qualcuno. Non si capisce bene il motivo ma la discussione, dai toni sempre più accesi, soprattutto da parte di Chiara, ha a che fare con la macchinetta del caffè.

– Ma vatti a far ricoverare! – si sente dire da Chiara.

– Sono *già* ricoverato, stronza!

– Ah, pensavo fosse un infermiere. Be', la prossima volta veda di vestirsi come un malato, scusi!

– Ma come «la prossima volta»? Ma senti un po' questa...

Chiara irrompe stizzita nella stanza.

– Ma ti pare che uno si veste di tutto punto per stare in ospedale, roba da matti!

Noi siamo troppo basiti per rispondere. Intanto vedo in fondo alla stanza Matelda che conversa concitata con una signora.

– Insomma, capisce bene che potrebbe non risvegliarsi...

– Certo, – risponde la signora preoccupata. – Può succedere.

– In che senso?

– Lo ha appena detto lei.

– Sì ma l'anestesista è lei, scusi.

– No, veramente io sono la mamma di Maria.

– E chi è Maria?

– Lei, – e indica la mia vicina di letto.

– Allora perché mi sta facendo perdere tempo? – e subito dopo mi chiama: – Chiara!

– Matelda, che succede? – rispondo.

– Questa qui ha voluto farmi credere di essere una dottoressa…

– Ma no, guardi che è stata lei a…

– Ah non me ne parlare, – interviene la mia amica Chiara. – In questo ospedale fanno tutti finta di essere qualcun altro.

Matelda esce furibonda dalla stanza in cerca del vero anestesista. Io guardo i miei amici e penso che siano tutti matti, ma sono felice di averli accanto, come sempre.

Luca si avvicina alla signora: – Deve scusarla, è molto agitata. È convinta che la nostra amica morirà, in un modo o nell'altro.

– Come, in un modo o nell'altro? – chiede la signora nel tentativo di fare conversazione.

– Sì, le spiego. Matelda, la ragazza che le ha parlato prima, è assolutamente certa che la nostra amica morirà comunque: o sotto l'effetto dell'anestesia o di tumore. Non c'è scampo, da qualsiasi punto di vista la guardiamo, lei muore, – dice Luca serissimo.

Io inizio ad agitarmi nel letto e non certo per quello che ha detto Luca, ma perché ho paura di come potrebbe finire la conversazione.

– Ma no, state tranquilli, – dice amorevole la signora. – Qui sono tutti molto bravi. Certo, se ne sentono di persone che non si risvegliano ma…

– Già. Sono sempre i migliori quelli che se ne vanno.

Ecco, la vedo. La signora adesso è davvero spaventata.

– Luca! – intervengo. – Grazie mille.

– Perché, che ho detto? È vero.

In quel momento entra l'anestesista. Si incupiscono tutti un po', ma dura poco, per fortuna.

– Le devo fare la pre-anestesia.

– Mamma mia, – si allarma la mia amica Chiara. – Speriamo non succeda come l'altra volta.

– Chiara! – la fulmino con lo sguardo.

– Perché? – chiede invece il dottore.

– Be', – prosegue Chiara, – ha perso del tutto i freni inibitori, che, se posso dire la mia opinione, già non ha di suo...

Non faccio in tempo a fermarla.

– Ha detto al medico che era bellissimo e che voleva perdere la verginità con lui!

Ecco, l'ha detto. Io non riesco neanche a guardarlo in faccia, il dottore.

– Che vergogna! – sento dire da mia madre, che intanto è entrata in stanza.

– Signora si consoli, – dice Luca. – Quanto meno ora Chiara non potrà più fare un'affermazione del genere, – prosegue imperterrito.

– E perché?

– Be', ma perché sua figlia non è più vergine!

Oddio.

– La prego. Mi anestetizzi il più in fretta possibile!

In quel momento irrompe Matelda.

– Qui i medici latitano! – Poi mi vede: – Dove la state portando?

– Ma come dove, Mati? In sala operatoria, – la tranquillizzo mentre spostano il lettino con me sopra.

– Ah già... aspettate però. Un attimo! Magari è l'ultima volta che la vediamo!

Io alzo gli occhi al cielo: – Mi porti via, dottore, la prego… Piuttosto, cercate di rintracciare Michele.

– Secondo me è arrivato a Sabaudia! – dice Chiara.

Il valium nel frattempo inizia a fare effetto, perché sento la mente vuota. Mi sembra di volare. Mi giro per dare un ultimo sguardo ai miei amici, a mia madre. Voglio conservare la loro immagine. Sono tutti in fila che mi guardano andar via. Per la prima volta da quando è iniziata questa vicenda, li vedo preoccupati. Io, invece, sono euforica e inizio a salutare tutti calorosamente, manco fossi sul tappeto rosso alla notte degli Oscar.

– Ciao, ciao, ci vediamo dopo!

– È pazza! – sento dire da Matelda. Poi la porta si chiude alle mie spalle.

– Ha molti amici, – mi dice il dottore sorridendo.

– Lo so. E ci vogliamo tutti un gran bene. Non si faccia ingannare dalle apparenze.

– È fortunata.

– Già.

Entro in sala operatoria che ancora sghignazzo.

– La vedo sorridente, – continua. – Non ha paura?

– No, no. Tanto, che mi può succedere? Al massimo non mi sveglio proprio più.

– Be', speriamo di no!

– Tanto io mica me ne accorgo.

– Adesso le faccio un'altra pre-anestesia. Sentirà intorpidirsi gli arti, avrà come la sensazione di non sentire più il corpo ma…

– Che meraviglia!

– Fatto…

– Ecco chi mi ricorda… ora ho capito!

– Come, prego?

– Sembra Ciccio di *Medici in prima linea.*

– Ciccio?

– Sì… l'amico del dottor Ross, che poi è Clooney, che però… – La mente si annebbia e non riesco a finire la frase, per fortuna. Mi sento la bocca impastata, i pensieri che sfuggono da tutte le parti.

Che vita ho avuto io? Perché mi ritrovo a trentatré anni in una sala operatoria?

Tanti volti si affollano davanti a me. Chi sono queste persone? Cerco di concentrarmi. Il dottore sta parlando, ma non con me, almeno credo. I pensieri continuano a correre e a sfuggirmi. Non riesco ad afferrarne neanche uno.

Dove ho sbagliato? Perché non ho ancora trovato l'uomo giusto? Cosa c'è in me che non va?

– Come dice, scusi? C'è qualche problema?

Oddio, sto parlando ad alta voce?

– No, ma quello che vorrei sapere è: perché non ho un uomo?

Sento i dottori tossire imbarazzati.

– Non capisco. Eppure ci ho provato, sa? Tante volte ci ho provato. Fin da piccola speravo che arrivasse qualcuno e mi portasse via… come quel libro… ti prendo e ti porto via…

Ma sono io a parlare?

– Devo capire dove ho sbagliato.

– Stia tranquilla che ora si addormenta.

– No, perché quando avevo sedici anni, per esempio, io credevo nel principe azzurro, non si preoccupi, so che non esiste, e… poi ho conosciuto mio fratello… poi a quella festa Francesco mi ha baciata… e tutto è cambiato…

Trentatré anni prima, più o meno…

Quando una nasce podalica

Tornando alla domanda fondamentale: come sono arrivata a questo punto? Perché ho messo su un fisico da ottantenne e piango ogni volta che vedo la pubblicità del Mulino Bianco? Perché vado sempre ai matrimoni degli altri, rigorosamente sola, e capito ai tavoli dove ci sono solo coppie? Dovrebbero fare un tavolo separato per i single. Per i bambini lo fanno, non vedo perché non dovrebbero farlo per noi. Certo, rischierei di ritrovarmi al tavolo da sola, ma sarebbe sempre meglio che passare tutta la cena o il pranzo con le coppie ad ascoltare i resoconti dei loro viaggi di nozze o delle cacche dei loro bambini. Che poi non ho mai capito perché considerino le cacche un argomento di conversazione tanto interessante da doverlo affrontare a tavola, affliggendo tutti i presenti. È davvero di cattivo gusto. Stiamo mangiando, e io non mi metto di certo a raccontare i miei problemi di stitichezza.

Insomma, come sono arrivata a questo punto? Facciamo un passo indietro.

Avete mai la sensazione di essere tutte sbagliate?

Io, per esempio, devo essere nata sotto una cattiva stella. Fin da bambina mi sentivo sempre al posto sbagliato nel momento sbagliato.

Un senso di inadeguatezza al quale ancora non mi sono abituata.

Mi spiego meglio. Non sono mai stata una bellezza, e certo

non nel modo in cui non lo era Bridget Jones. Parlo di cose reali. Sto parlando di tre cerette al mese, perché una è sempre stata insufficiente, sto parlando di terribili diete al minestrone, alla cipolla, alla carota, al riso, alle patate, che non hanno mai dato i risultati sperati. Credetemi se vi dico che all'età di sedici anni non avevo ancora avuto un ragazzo ed ero così introversa che spesso non riuscivo neanche a sostenere un'interrogazione. Mi rifugiavo nei sogni. Mi immaginavo a trent'anni sposata con un uomo meraviglioso e con dei bambini bellissimi. Mi vedevo andare alle cene in compagnia di mio marito (ovviamente bellissimo, altrimenti i bambini da chi avrebbero preso?) e incontrare per caso le mie compagne di classe, imbruttite dagli anni, e sole (le ho poi incontrate davvero le mie ex compagne, e l'unica a non essere sposata ero io).

Forse, il modo in cui sono venuta al mondo è stato la causa di tutto. Durante i nove mesi di gravidanza so di essere stata imperdonabile e so pure che, al momento del parto, non mi sono posizionata correttamente, pronta a uscire. Questo perché, a quanto pare, non ritenevo opportuno nascere. Avevo intuito quello che sarebbe successo.

Ero podalica.

I dottori per costringermi a uscire da lì avrebbero dovuto faticare parecchio. Girarmi all'interno della pancia di mia madre e poi cercare di farla partorire.

Forse lì dentro, acciambellata e con tutti i comfort, avevo percepito quello che in vita sarei diventata, o meglio, quello che non sarei mai diventata: una gatta morta.

E per gatta morta intendo una categoria di donna verso la quale gli uomini hanno una particolare propensione e contro cui non c'è niente da fare, perché lei vince, vince sempre. La gatta morta è furba, determinata e ha come unico scopo quello di catturare l'uomo che fin dall'inizio ha individuato, puntato e strategicamente sedotto. La gatta morta riesce a essere perfetta in ogni circostanza, si ubriaca con un sorso di birra senza però mai essere scomposta e quando sorride durante una cena non ha mai, e dico mai, l'insalata tra i denti. A me invece è capitato di trascorrere un'intera serata a elargire grandi sorrisi per poi accorgermi, tornata a casa, che alcuni spinaci si erano incastonati così bene tra gli incisivi da farmi apparire sdentata.

Io dovevo aver capito tutto questo e caparbiamente avevo deciso di non nascere.

Si sa, i neonati sono molto sensibili.

Sono nata podalica e per tutta la vita sono rimasta in piedi al gioco della sedia. All'asilo le bambine più carine avevano già il fidanzato che portava il loro cestino. A me, invece, toccava portare il mio e quello dei loro fidanzati.

Alle elementari e alle medie, durante le feste, guardavo dal tavolo del buffet le mie compagne di classe che ballavano, cercando di non farmi sfuggire neanche una pizzetta o un panino con il salame (sono sempre stata una buongustaia). L'arrivo della piramide di tramezzini dai sapori differenti rappresentava per me il culmine della festa. Seguivo il suo percorso, dal fondo del salone al tavolo del buffet, estasiata. Come sotto l'effetto di un incantesimo. La musica nelle mie orecchie scemava, le persone scomparivano e io avevo un unico pensiero dominante: assaggiare un tipo di tramezzino per ogni gusto. Per fortuna eravamo alla fine degli anni Settanta, primi anni Ottanta.

Era l'epoca in cui le crostatine al cioccolato del Mulino Bianco, grande novità, iniziavano a creare intere generazioni di uomini e donne in leggero sovrappeso. Era l'epoca in cui si giocava al gioco della bottiglia o a quello della scopa perché non c'era la playstation, né si tirava di coca perché le mamme ti accompagnavano alle feste, rimanevano lì e poi ti riportavano a casa entro le otto di sera. Era l'epoca in cui il primo bacio sembrava non arrivare mai (per alcune, infatti, fu proprio così) e c'era pudore misto a emozione nell'aspettarlo, come nel viverlo. Se si andava in giro con la maglietta troppo corta che lasciava scoperta la pancia si doveva correre subito in bagno per un attacco improvviso di colite e la si restituiva la sera stessa all'amica che ce l'aveva prestata. Era l'epoca delle figurine (non so a voi, ma a me ne mancavano sempre due per finire l'album), delle cassette mangiate dal mangianastri che poi dovevi riavvolgere con la bic, di *Indovina chi*, di *Nomi, cose, animali e città* (e la città con la *d*, non si sa perché, era sempre Domodossola). Era l'epoca in cui la barzelletta più spinta era quella di *Pierino e il fantasma formaggino*, il telefilm più rivoluzionario era *La famiglia Bradford* e si arrossiva per un nonnulla. Non ci si annoiava mai perché bastava avere un pezzettino di gesso, disegnare una campana e iniziare a saltarci dentro. Non ci si sentiva poveri perché con cinquecento lire potevi comprare il ghiacciolo, un pacchetto di figurine e andare in sala giochi.

In questo clima, io cercavo con affanno di stare al passo con i tempi senza potermelo permettere. Nell'epoca in cui Madonna rappresentava un vero punto di riferimento per noi ragazze, soprattutto dopo *Cercasi Susan disperatamente*, io cercavo di assomigliarle, indossando calze a rete nere e una fila di braccialetti di gomma che arrivava fino al gomito. A volte anche un fazzoletto di pizzo che girava intorno alla testa, tipo cerchietto, e terminava con un fiocco gigante.

In pratica una mignotta. Un po' sovrappeso.

Peccato che avessi completamente sbagliato look. Per essere accettata avrei dovuto piuttosto indossare cerchietti a fiorellini intonati all'astuccio, a sua volta intonato al diario. Giubbotto Henri Lloyd da barca, anche se nessuna delle mie compagne di classe andava in barca, camicia del Portone e borse Louis Vuitton. Io, invece, mi sentivo più Madonna. Ecco perché non sono mai diventata una gatta morta.

La mia più grande aspirazione era diventare una saldatrice, come Jennifer Beals, la sera ballare in un night club, sposare il ricco proprietario dell'azienda e fare una vita da sogno. Un po' come in *Cuore e batticuore*, insomma.

Fortunatamente per mamma, non avevo né il talento canoro di Madonna né il fascino dell'attrice di *Flashdance*. Ma soprattutto non vivevo negli Stati Uniti, dove per certi versi tutto è possibile. Negli anni Ottanta, poi, la maggior parte delle ragazze sognava di sposare Simon Le Bon. Io invece avrei preferito diventare Jamie Sommers. Ve la ricordate? Era la donna bionica, alla quale in seguito a un incidente erano stati impiantati arti meccanici. Non ho mai capito perché corresse al rallentatore invece di farlo alla velocità della luce.

Mi sentivo diversa dagli altri. Forse anche un po' per colpa dei cartoni animati e dei telefilm con cui sono cresciuta. Ora che ci penso, non so come abbiamo fatto tutti noi a sopravvivere a tanto strazio. *Candy Candy* era una continua tragedia. Non solo era circondata da personaggi cattivissimi (ve la ricordate Iriza?), ma Anthony muore e lei non coronerà mai il suo sogno d'amore con Terence. Per non parlare di Remì. Sento salirmi un groppo alla gola al solo pensiero. Orfano, abbandonato da tutti, vive randagio con l'anziano signor Vitali, tanti cani e una scimmietta. Moriranno tutti, uno a uno, prima i cani (Capi, Zerbino e Dolce), poi il signor Vitali, infine la scimmia, e Remì rimarrà solo.

Standο così le cose, una ragazza come me, già con i suoi problemi, come credete possa essere cresciuta? Di sicuro, qualora dovessi incontrare l'uomo della mia vita, avrei paura di perderlo da un giorno all'altro per una caduta da cavallo, per una ex fidanzata che riappare paralizzata e magari con prole o semplicemente perché mi scoppiano le coronarie, considerata la mia tarda età.

Ci sono alcune cose però di quel periodo che non dimenticherò mai. Vi ricordate cosa voleva dire citofonare a un'amica o cercare un gettone per usare la cabina telefonica? E quella forte emozione che vi assaliva quando a casa aspettavate che il telefono squillasse, e la corsa per precedere i genitori nel rispondere perché pensavate che fosse lui, che finalmente si era deciso a chiamare? Certo, ora esiste il cellulare, ma non è la stessa cosa. Un ragazzo per chiamare a casa doveva superare mille ostacoli, ora si limita a inviare un SMS, quando lo fa. Altrimenti è il tuo gestore che ti comunica un nuovo, imperdibile piano tariffario.

Il gioco della bottiglia, per esempio, non so se esista ancora. So però che per me, all'epoca, rappresentava una grande sofferenza.

I baci e le carezze capitavano solo alle mie compagne di scuola, a me spettavano sempre orribili penitenze. Del gioco della sedia vi ho già parlato. Quando la musica veniva bruscamente interrotta io di solito rimanevo in piedi, quasi incantata dal fatto di non riuscire mai a trovare la sedia su cui sedermi. E il gioco della scopa ve lo ricordate? Si ballava in coppia e ci si passava il bastone finché, anche lì, la musica si interrompeva e chi rimaneva con la scopa in mano faceva penitenza. Le rare occasioni in cui riuscivo a passarla ero aggredita pochi secondi dopo dal destinatario, che me la voleva a tutti i costi restituire, quasi oltraggiato dal fatto che avessi anche solo pensato di poterla lasciare a lui.

Ancora oggi non prendo volentieri la scopa in mano per pulire casa. Ho sempre la sensazione che una musica immaginaria possa terminare, lasciandomi sola al centro della stanza, in vana attesa di una persona a cui passarla.

Al liceo andò peggio. Quella era l'epoca dei primi amori (oggi, invece, credo siano le medie; al liceo le ragazze chiedono al partner il 730) e io iniziavo a rimpiangere la piramide di tramezzini. Mi domandavo perché le mie compagne avessero avuto uno sviluppo normale, mentre io crescevo sproporzionata in tutto.

Quando avevo quindici anni, mia madre fu invitata a una crociera sul Mediterraneo e decise di portarmi con sé. Mi sentivo goffa e timidissima, e la seguii controvoglia. La prima sera, durante la cena di benvenuto, capitammo al tavolo con una coppia di signori e il loro figlio. Io non smettevo di guardare nel piatto. Mi sentivo fuori posto e non avevo il coraggio di alzare gli occhi. Non so cosa avesse trovato in me, forse si annoiava con i genitori, ma il ragazzo decise di parlarmi e non smise di farlo per tutta la durata della cena. Mi invitò ad andare con lui in discoteca ma io non me la sentivo proprio. Non sapevo come comportarmi, o cosa dirgli, e declinai. In fondo, avrei avuto un'intera settimana per capire come affrontare la situazione. Riuscii a dirgli che ci saremmo potuti andare la sera successiva e lui mi sembrò soddisfatto, tanto che chiese ai suoi genitori di poter pranzare con noi anche il giorno dopo. Mia mamma accettò, gli sembravano delle persone «per bene». La notte, purtroppo, mi venne una febbre altissima. Mi ricoprii di bolle e iniziai a dare di stomaco (attività che si concluse solo alla fine della crociera). Mi ero intossicata con il cibo: salmonellosi, fu la diagnosi. Non seppi più nulla di lui, né potei visitare le città del Mediterraneo.

Fui ossessionata da questo ricordo per molti anni. Forse è la ragione per cui non riesco mai a dire di no a un uomo: ho paura che, posticipando l'incontro, la salmonellosi possa di nuovo mettermi fuori gioco.

Ma questo non fu niente se paragonato ad altri episodi che mi resero, agli occhi delle compagne di scuola che già avevano il fidanzato, una vera e propria disadattata.

Ero chiusa nel mio mondo fantastico e non riuscivo a mettere a fuoco la realtà.

Una mattina, per esempio, prima di uscire di casa per andare a scuola, mamma mi consegnò il sacco dell'immondizia. Io aspettai l'autobus, che come di consueto era strapieno, e mi presentai in classe al suono della campanella.

– Moscardelli, – mi apostrofò il professore di storia e filosofia, – quello magari se fossi in te lo andrei a buttare fuori nei secchioni, che dici?

Avevo ancora con me il sacco dell'immondizia.

– Ah, mi scusi... vado subito – . E uscii dalla classe seguita da uno scroscio di risate.

Successivamente, mi presentai a scuola in pantofole.

Il tutto avveniva sotto gli occhi azzurri e umidi di Francesco, il mio compagno di classe, nonché il ragazzo più bello della scuola. Sognavo di lui in continuazione e, quando il mio sguardo incrociava il suo, inciampavo quasi sempre, mi scontravo con lo spigolo di un banco che si andava a conficcare in una coscia, o cadevo. Il risultato erano caviglie slogate e lividi. Quando tornavo a casa la domanda di mia madre era la stessa: «Di' la verità, a scuola ti picchiano?»

Lo amavo, ne ero certa, e nonostante non mi avesse mai rivolto la parola ero altrettanto sicura che prima o poi si sarebbe accorto di me, che ci saremmo fidanzati e poi sposati. Era solo una questione di tempo.

Quando arrivava a scuola, a bordo della sua moto, tutte smettevamo di respirare. Almeno io lo facevo di certo. Avanzava verso di noi, col passo sicuro e ondeggiante (andava molto di moda la camminata alla Fonzie). Si fermava davanti alla ragazza di turno e, senza dirle niente, le prendeva la mano. Con lei al suo fianco faceva il suo ingresso trionfale a scuola. Non parlava molto ma il suo sguardo era intenso. Me lo immaginavo assorto nei suoi pensieri, impegnato a risolvere questioni delicate. Sarebbe diventato uno scrittore, un poeta. Comunque un artista.

Un giorno accadde l'imprevedibile: una mia compagna di classe mi invitò alla sua festa di compleanno. Una tipa strana, anche lei. Un outsider. Veniva a scuola sempre vestita di nero e con «il Manifesto» sotto il braccio, che da noi era come gridare «Roma merda» in mezzo a un milione di romanisti. Era stata soprannominata «la zecca» e, se nei miei confronti le ragazze provavano pietà, quello che riversavano su di lei era puro odio. Mi sentivo quasi fortunata.

In un primo momento, come da manuale, pensai si fosse sbagliata. Cosa c'entravo io con una tipa come lei? Solo dopo realizzai, non senza stupore, che aveva invitato proprio me.

Ci eravamo incrociate in bagno, io per il solito problema di incontinenza, lei per fumare una canna in santa pace.

– Ehi tu, – mi aveva apostrofato.

– Io?

– Sì, chi se no? Vedi qualcun'altra? Ti volevo dire che in fondo mi piaci.

Oddio, era lesbica?

– Grazie…

– Quindi se ti va sabato prossimo faccio una festa. Porta chi vuoi, ci sarà un po' di casino, gente più grande…

– Io non conosco nessuno…

– Cazzo che sfigata. Vabbe' allora vieni da sola.

– E le altre?

– Per carità. Non voglio fascisti in casa mia. Non sarai mica anche tu…

– No no, – mi affrettai a dire, più per codardia che per reale convinzione politica – a casa mia sono tutti di sinistra.

– Fico.

Presi l'indirizzo e me ne tornai in classe. Francesco era sempre lì, immobile al suo banco.

A casa raccontai l'episodio a mia madre che prese la cosa con entusiasmo. Non era da lei. Forse si era stancata di vedermi ciondolare depressa in casa. Eppure io non ci volevo andare alla festa. Avevo paura. Fu lei a insistere.

La preparazione iniziò subito. Il vestito, l'acconciatura, le scarpe. Per me rappresentava il ballo di Cenerentola, e in effetti lo fu.

Il primo bacio

Arrivata a casa di Rosa (così si chiamava la festeggiata, da Rosa Luxemburg, come seppi più avanti) fui colta da un profondo sconforto. C'era tanta gente, troppa. Non conoscevo nessuno e fui tentata di chiamare mia madre per farmi venire a prendere. Che ci facevo io lì? Mi guardavo intorno e mi sentivo un'aliena. Perché tutti sembravano così a loro agio, tranne me? E che razza di vestito mi aveva comprato mamma?

Dio, come mi vergognavo. Cercavo di rendermi invisibile agli occhi degli altri (e forse lo ero senza dovermi sforzare). Speravo che nessuno mi notasse perché avrebbe sicuramente visto l'abbigliamento ridicolo e la pettinatura, con accessori che avrebbero fatto sembrare più vecchia persino mia nonna. Decisi che mi sarei chiusa in bagno simulando un attacco di dissenteria e avrei aspettato lì dentro l'ora in cui mamma mi sarebbe venuta a riprendere.

Con passo deciso mi inoltrai nel corridoio ma fui distratta dal tavolo del buffet. Il bagno poteva aspettare, c'erano cose più importanti. Mi sedetti lì e iniziai a ingozzarmi di pizzette e tramezzini. Ero seccata perché non c'erano i miei preferiti. Allungai una mano per afferrare l'ennesimo e mi resi conto che qualcun altro stava facendo la stessa cosa. Era Matelda, la mia nuova compagna di classe. Era arrivata da pochi giorni ma non ci eravamo mai parlate prima.

– Scusa, – dissi io timidamente.

– Figurati.

Continuammo in silenzio a rubarci le pizzette a vicenda.

– Tu non balli? – le chiesi.

– Non ci penso proprio.

– Già, ti capisco. Io mi vergogno, poi tanto non mi invita nessuno.

– Io ho altro per la testa.

– E cioè? – le chiesi incuriosita.

– Ho una malattia rarissima.

– Oh.

– Talmente rara che nessuno sa cosa sia. Buone queste pizzette, no?

– Molto...

E il discorso si chiuse lì. Pensai fosse un modo come un altro per fare amicizia e lo trovai simpatico. Mi sentivo a mio agio con lei. Dopo pochi minuti si avvicinarono altri due ragazzi e ci irrigidimmo entrambe. Questo me la rese ancora più simpatica. I due si presentarono come se nulla fosse, con una naturalezza che non avevo mai sperimentato. Possibile che volessero parlare con noi? Eppure sembravano seriamente intenzionati a restare proprio lì. Luca, il più basso, non smetteva un attimo di parlare di Matisse. Ci misi un po' a capire che non si trattava del pittore bensì del suo cane. L'altro, Michele, cercava di scoprire a che livello fossero le nostre competenze in fatto di supereroi. Ci interruppe una ragazza che si mise in mezzo, prendendo un tramezzino.

– Questi tramezzini sono disgustosi.

– Esagerata, – le rispose Luca.

– Tu invece ce l'hai una spada laser? – intervenne Michele.

– Non ci penso proprio! Che ci dovrei fare, scusa? Comunque io sono Chiara, piacere.

– Uh! Ti chiami come me!

– Embe'?

– No, niente, dicevo così... – balbettai.

– Be', ciao, me ne vado a casa, la festa fa schifo!

Ci guardammo tutti perplessi e scoppiammo a ridere. Stavo ridendo anch'io. Non ricordavo l'ultima volta che l'avevo fatto.

Eravamo una bizzarra formazione che avrebbe resistito alle difficoltà, agli anni e ai turbamenti della crescita.

Il momento di andare in bagno era arrivato davvero. Avevo bevuto troppa Coca-Cola e mangiato troppe pizzette. Ero preda di atroci crampi. Mi alzai seguita da Matelda. Ci inoltrammo nel corridoio. Un'orda di persone scalmanate avanzava verso di noi in fila indiana ballando una musica assordante e gridando a squarciagola (danza comunemente nota come «trenino» ma che allora io ignoravo). Mi guardai intorno. Che dovevo fare? Il corridoio era troppo stretto. Matelda era atterrita quanto me.

– Scappiamo! – suggerì. Ma compresi subito che la fuga era da escludere.

Ci avrebbero travolte. Il primo della fila ormai ci aveva raggiunte. Sperai non notasse i miei occhi ipertiroidei paralizzati dal terrore. Me lo ritrovai di fronte e in quel momento pensai solo che dovevo andare in bagno, urgentemente.

Tutto successe in una frazione di secondo, che bastò a trasformare la mia vita. Quello mi girò, mi mise le mani sulle spalle e gridò: – Vai bella! Tocca a te!

– Dice a me? – chiesi a Matelda disperata.

– Ma figurati!

– Ah, ecco, mi sembrava strano.

– Dài, ora sei tu a guidare! – continuava a incalzare il primo della fila, che ora era diventato il secondo, perché la prima ero io.

Forse quel «bella» non era diretto a me, ma di sicuro lui voleva che conducessi il trenino. Io, Chiara, a capo di una fila di persone. No. Non ce l'avrei mai fatta. Era troppo per me. Non ebbi però il tempo di pensare, perché i ragazzi dietro spingevano e mi ritrovai a guidare una colonna danzante che in realtà, in modo inconsapevole, guidava me. Presi per mano Matelda e la trascinai nella fila. Travolsi un paio di ragazze che, ruzzolando a terra, si aggrapparono al lembo della tovaglia buttando sul pavimento tutto ciò che vi stava sopra. Mi sentii morire dalla vergogna. Ma con mia grande sorpresa l'evento fu seguito da una serie di fragorosi applausi e frasi di incoraggiamento nei miei confronti.

E la mia vita cambiò. Per un trenino.

Iniziai a ballare. Non credevo di saperlo fare e forse, in effetti, era proprio così, ma non aveva alcuna importanza. Avevo sedici anni. Non avevo amici, non avevo mai avuto un ragazzo, non avevo mai ballato. Fino a quel momento.

Presto si unirono alle danze anche Luca e Michele. Chiara, a quanto pare, era andata davvero a casa.

Il bello dell'adolescenza sta proprio in questo: nella semplicità con cui si riescono a instaurare certi rapporti, che non sono superficiali ma, al contrario, sono destinati a durare nel tempo.

La festa procedeva incessante e io non la stavo vivendo più da spettatrice lontana, ma da vera protagonista. Mancava poco all'arrivo di mia madre, e per la prima volta in vita mia avrei voluto disubbidirle. Mi sarebbe piaciuto restare, nonostante il coprifuoco.

Fu allora che lo vidi: Francesco era entrato nel salone e appena i miei occhi incrociarono i suoi tutto scomparve. La musica smise di suonare, le orecchie iniziarono a ronzarmi e pensai di provare i classici sintomi di un blocco cardio-circolatorio.

A sedici anni, quando incontri il primo amore, tutto inizia ad avere un sapore diverso e il mondo cambia colore. Questo, però, vale solo per te. Mentre io, infatti, avevo smesso di ballare e mi ero appoggiata alla parete cercando di trovare una ragione per avvicinarlo, l'altro stava raccogliendo più numeri di telefono possibili dalle ragazze presenti alla festa.

Ma questo lo seppi molto dopo.

«Francesco, ti ricordi che emozione il nostro incontro alla festa di Rosa?» gli ho chiesto una sera a casa sua quasi una ventina di anni dopo.

«Ah, perché? C'eri anche tu? Io mi ricordo di Camilla la nostra compagna di classe con cui sono stato chiuso in camera da letto per due ore... Gran fica...»

Nella vita, tutto è relativo.

Comunque, Francesco non smetteva di lanciarmi sguardi d'intesa e di sorridere, o per lo meno così mi sembrava. E se esiste la regola per cui, a volte, una persona vede solo quello che vuole vedere, io ne rappresentavo la perfetta applicazione.

A un tratto, si diresse con decisione verso di me. Oddio, che dovevo fare? Scappare? Troppo tardi. Svenire? Melodrammatico. Avevo le gambe di gelatina e il cuore in gola.

Quando mi fu davanti, senza dire una parola, come era tipico suo, mi prese la mano e mi condusse fuori, sul terrazzo.

– Volevo stare solo con te. Ti dispiace?

Non mi uscì nulla. E non che non ci provassi, a parlare.

– Lì era troppo affollato e non potevo baciarti.

Ancora silenzio. Pensai mi fosse capitato qualcosa alle corde vocali. Avevo la trachea bloccata e sudavo. Ma non ebbi modo di farmi un check-up, perché mi prese alla vita, mi avvicinò a sé e mi baciò, e questo bacio mi portò in paradiso, mi condusse all'inferno.

Pensai che la mia vita, da quel momento in poi, sarebbe stata come quel primo bacio: fantastica, travolgente e piena di sorprese. La scatola di cioccolatini di Forrest Gump.

Mi sbagliavo di grosso.

Mentre mi baciava, tutte le mie paure svanirono, insieme ai

miei complessi, alle mie insicurezze. Tra le sue braccia mi sentivo forte, invincibile, bella.

Ci vennero più volte a chiamare, ma noi non potevamo smettere di baciarci.

Quando finalmente lui si decise a parlare, riuscì di nuovo a lasciarmi muta.

– Sei fantastica…

Non potevo credere lo stesse dicendo proprio a me.

– Non ho mai incontrato una ragazza così… così…

Stava cercando le parole giuste.

– Insomma, come ti chiami? Come ti ritrovo?

Mi sentii sprofondare.

– Ma, Francesco. Stiamo in classe insieme…

– Nooo, davvero? Pazzesco. Che culo! Allora ci becchiamo domani a scuola… – e riprese a baciarmi.

Ci misi un secondo a dimenticare l'assurdo dialogo. Lui in fondo era un artista. Non poteva perdere tempo con simili sciocchezze.

Poi tutto finì perché arrivò mia madre a rompere l'incantesimo.

La pregai, la scongiurai di lasciarmi ancora qualche minuto. Niente. L'orario del coprifuoco andava rispettato.

Mi lasciò pochi giorni dopo, durante l'intervallo, tra la lezione di matematica e quella di latino.

– Chiara, – mi disse, – mi sono messo con Cinzia.

– E chi è Cinzia? – riuscii solo a chiedergli mentre il mondo si stava sgretolando.

– Una tipa tosta, più grande di me. Fa la fotografa.

– Accidenti – e scoppiai in lacrime.

Lui continuava a parlare, non era mai stato così logorroico. Mi disse che voleva farsi la sua vita ma che, se lo avessi aspettato, prima o poi sarebbe tornato.

E io l'ho aspettato, dio solo sa quanto. In un certo senso è come se lo aspettassi ancora.

Ero confusa.

Pensavo che Francesco fosse l'uomo della mia vita e non avevo preso in considerazione il fatto che lui avesse altri piani al riguardo.

Nei miei sogni c'era sempre il lieto fine, altrimenti che razza di sogni sarebbero stati?

Nel momento in cui avessi incontrato il grande amore, questo lo sarebbe stato per sempre, non certo per tre giorni, e io avrei finalmente ottenuto la famosa rivincita sul mondo, vivendo la mia vita da protagonista, non più da comparsa.

La storia non era andata come me l'ero immaginata.

Cosa avrei potuto fare ora? Non appartenevo più al mondo che avevo lasciato, quello della piramide di tramezzini, ma sentivo di non fare parte neanche del nuovo. Avevo creduto, per un attimo, di essere Melanie Griffith, la protagonista di *Una donna in carriera*, giusto il tempo di baciare Harrison Ford, poi ero tornata Joan Cusack, quella che entra in ufficio e dice: «Caffè, tè, me?»

Simpatica, ma...

Insomma, la musica si era interrotta bruscamente e io ero rimasta di nuovo con la scopa in mano, senza sapere a chi passarla.

Io, lui… l'altro

La storia con Francesco non si concluse lì. Direi piuttosto che per conoscerne la fine dovrete aspettare i miei trentatré anni. Fu un tira e molla continuo. Lui mi teneva in pugno e lo sapeva.

Ma se la mia vita sentimentale procedeva in modo disastroso, quella degli affetti, invece, aveva preso una piega inaspettata. Non trascorrevo più i pomeriggi a casa da sola ma avevo degli amici con cui uscire, con cui condividere il mondo. E mi piaceva, mi piaceva da matti. Stavamo crescendo ed era bello poterlo fare insieme. Avevo la sensazione di essere ascoltata, cosa che per me era un'assoluta novità. Soprattutto rimanevo stupita di quante cose avessi da dire. Che ne era stato del mio mutismo? Dove le nascondevo tutte quelle informazioni? Non la smettevo più di parlare e, per certi versi, non ho ancora smesso.

Quindi, malgrado o nonostante Francesco, io ero Chiara, finalmente. Avevo iniziato a studiare con Matelda. Ci vedevamo sempre a casa mia, poi, verso sera, Luca e Michele citofonavano. Seguiva il quotidiano giro del quartiere per portare a spasso Matisse, il cane di Luca. Durante quelle passeggiate parlavamo di noi. O meglio, io parlavo di Francesco e loro ascoltavano pazienti. Quelle passeggiate ci hanno fatto crescere, ci hanno regalato momenti indimenticabili e ci hanno uniti per sempre.

– Io non posso vivere senza Francesco, capite?

– Che ti frega, tanto dobbiamo morire tutti, prima o poi, e io di sicuro prima di voi! – ribatteva Matelda.

– A me pare che tu stia benissimo, – diceva Luca.

– Che ne sai tu, mica sei un medico!

– Ma in che cosa consisterebbe questa malattia, cosa ti senti?

– Non si può mica spiegare così, in due parole, la cosa è molto complicata.

La discussione finiva là e si tornava a parlare di Francesco.

– È l'uomo della mia vita e non incontrerò mai un altro ragazzo come lui.

Ogni volta che pronunciavo questa frase, e la cosa avveniva per lo meno due volte al giorno, Matisse, come spinto da una forza misteriosa, alzava la zampa e faceva la pipì sulle mie scarpe.

– Ma Luca!

– Eh, che vuoi fare, è fatto così.

– Torniamo a casa che mi devo cambiare. Ma Michele dov'è?

– Si è perso.

E trascorrevamo l'ora successiva a cercarlo.

Fu durante una di queste passeggiate che Luca mi suggerì di iniziare a guardarmi intorno, invece di pensare sempre a Francesco.

– Come si chiama quel tipo che hai conosciuto quando sei andata al cinema con Rosa?

– Non mi ricordo...

– Dài. Quella sera che ti sei addormentata. Era un film francese sull'autolesionismo...

– Oddio, sì, che orrore. Intendi dire Claudio?

– Esatto, lui!

– Ma è un amico...

– Secondo me no. Da quello che mi racconti, lui da te vorrebbe altro.

– Dici?

– Sono sicuro. Hai una forte personalità.

– Ma Luca, è la classica frase che si dice quando una ragazza non è bella!

– Ma tu sei bella dentro, – e scoppiava a ridere.

Io finivo per picchiarlo e Matisse mi addentava le natiche bucandomi regolarmente i pantaloni.

Luca aveva ragione. Mi ero accorta anche io che Claudio aveva cambiato atteggiamento nei miei confronti dopo la serata al cinema.

Spesso ci ritrovavamo a casa di Rosa. L'occasione era a volte un dibattito politico, durante il quale io sognavo Francesco, altre la visione di un film impegnato di uno sconosciuto regista olandese o tedesco, in lingua originale e sottotitolato in inglese. Io mi annoiavo a morte e Matelda e gli altri si rifiutavano di intervenire. L'unica a essere contenta era mia madre perché anche i genitori di Rosa prendevano parte a queste riunioni. Erano entrambi giovanissimi e mi stupivo del modo in cui trattavano la figlia. Per loro lei era un'adulta.

In alcune di queste occasioni Francesco si presentava sempre con una ragazza, mai la stessa. Non ho mai capito perché Rosa lo invitasse né tantomeno perché lui accettasse con entusiasmo.

Anni dopo glielo chiesi.

– Francesco, toglimi una curiosità. Perché venivi sempre a casa di Rosa?

– Come perché?

– Non mi sembravi a tuo agio. Era un ambiente così diverso da te...

– Sì, ma la madre di Rosa era una gran gnocca!

Comunque, a queste riunioni, c'era sempre pure Claudio. Aveva un modo di fare diverso da Francesco, molto dolce. Era una persona piacevole e anche grazie a Luca, mi convinsi che in effetti poteva essere l'uomo giusto per me.

Quando arrivò il compleanno di Rosa lei, come al solito, organizzò una grande festa a casa sua. Mi sarei presentata al mio meglio, per quanto possibile, e la fortuna questa volta sarebbe stata dalla mia parte. Ero sicura della presenza di Francesco e se Claudio ci avesse provato con me davanti a lui avrei accettato di diventare la sua ragazza senza esitazione. Tra l'altro avrei fatto la mia porca figura dal momento che Claudio era bellissimo: tutti lo paragonavano a George Michael con quel suo ciuffo biondo e l'aria trasognata.

Finalmente avrei avuto la mia piccola rivincita sul mondo.

Chiamai a raccolta Luca, Michele e Matelda, che vennero da me per assistere ai preparativi.

– Non ce la farò mai.

– Anche secondo me, è una battaglia persa. Non sei capace, – mi incoraggiava Matelda.

– Ma che dite ragazze, dipende da te Chiara, dipende solo da te! – interveniva Luca.

– Appunto non ce la farà mai! – ribadiva Matelda.

– Ha ragione, non sono capace, non so come comportarmi e qualsiasi cosa farò sarà di sicuro quella sbagliata!

– Brava, mi piace questo spirito battagliero! – commentava Michele.

Quella sera a casa mia c'era anche Chiara. Avevamo imparato a conoscerla meglio durante le passeggiate. Anche lei aveva un cane, microscopico e orrendo. Chiara non perse l'occasione di dire la sua:

– D'altra parte non è che si possono fare miracoli!

– Ecco, ora sì che posso andare alla festa tranquilla!

Arrivai a casa di Rosa, che mi venne incontro sorridendo.

– Claudio ti stava aspettando impaziente, – mi sussurrò.

– Davvero?

– Forse così smetterai di pensare a quel lobotomizzato di Francesco...

– Non è un lobotomizzato, è un artista!

Pochi minuti dopo, puntuale come un orologio svizzero, Francesco si presentò con la ragazza di turno, ma questa volta non ero impreparata. Dovevo solo trovare il momento giusto e far capire a Claudio le mie intenzioni.

Se dico di non essere una gatta morta lo dico con cognizione di causa.

Questo fu il primo e l'ultimo episodio in cui mi ritrovai a fare calcoli o manovre per cercare di fare ingelosire un altro uomo. Non ci sono portata.

Partì un lento. Pensai fosse il momento adatto. Mi avvicinai a Claudio e iniziammo a ballare. Claudio, dopo qualche secondo di incertezza, che io attribuii all'emozione, vinse la timidezza e mi baciò.

Era il secondo ragazzo che baciavo. Non ricordo cosa provai, ma ricordo perfettamente la soddisfazione nel sapere che Francesco era lì come gli altri ad assistere alla scena. Ero felice, lo devo ammettere. Me lo ricordo bene perché in seguito mi sarebbe capitato di rado.

La festa stava per finire e Francesco, che non mi aveva rivolto parola fino a quel momento, decise di avvicinarsi.

– Non sapevo che tu piacessi a Claudio.

Come sempre mi capitava di fronte a lui, non riuscii a rispondere.

– E poi, scusa, mi sembri un po' superficiale…

– Perché? – Le mie sicurezze iniziavano a vacillare.

– Dici che mi aspetti e poi invece ti metti con Claudio. A questo punto, senti, non ti credo più. Vuoi stare con Claudio? Scordati di me.

Non era esattamente così che mi ero immaginata la scena. Soprattutto mi sembrava che qualcosa non tornasse. Pensai che per colpa di una mia leggerezza avevo perso l'occasione di poter tornare con Francesco. Ero disperata. Dovevo rimediare in qualche modo.

Cercai Claudio, non so se per confidargli la verità o per convincermi di aver fatto la scelta giusta. Lo cercai ovunque, ma non si trovava. Entrai in camera di Rosa e nella penombra vidi due figure avvinghiate sul letto.

– Oddio, scusate, – dissi, convinta che si trattasse di Francesco. Ma una voce frenò le mie paure.

– Chiara sei tu? – Era la voce di Claudio.

– Sì.

– Ah meno male, ci siamo presi un bello spavento. Ti presento Andrea, il mio fidanzato.

La situazione stava prendendo una piega grottesca, e tutto quello che riuscii a dire fu: – Ah... piacere, Chiara, – e allungai la mano con decisione.

Ero sul serio contenta di conoscere il fidanzato di Claudio. Evidentemente non ricordavo che al suo posto avrei dovuto esserci io.

– Sei dispiaciuta? Sai, eri così contenta di poter stare con me che non sapevo proprio come dirtelo. Sei arrabbiata?

– Ma nooo, perché mai dovrei essere arrabbiata? Anzi, sono contenta per te, cioè per voi. Cercavo il cappotto.

– Vai già via? È per colpa di quello stronzo di Francesco?

– Macché.

– Meglio così. Credo che il tuo cappotto sia sotto il sedere di Andrea. Amore, ti alzi un attimo che prendo il cappotto di Chiara?

Andrea me lo passò. Salutai e uscii.

Incrociai Rosa, prima di andare via.

– Chiara, che faccia che hai. Che ti è successo?

– Non sapevo di Claudio. Perché non me lo hai detto? È un tuo amico...

– Detto cosa?

– Che lui è... è...

– Bisex?

– Come bisex?

– Madonna, Chiara come sei antica... siamo negli anni Ottanta!

– È che pensavo di piacergli...

– Infatti è così, me lo ha detto lui. Uscite in tre, no? È divertente!

Ecco perché dicevano somigliasse a George Michael.

Me ne andai sconsolata. Non avevo scelto la tattica giusta. E Luca non aveva capito bene come stavano le cose. A una gatta morta, tutto questo non sarebbe mai successo. Avrebbe studiato con più attenzione la sua preda e non si sarebbe buttata senza paracadute. Ma che ci volete fare? Io non sono una gatta morta.

Il giorno successivo, durante la passeggiata, raccontai l'accaduto a Luca e Michele.

– Be', – disse Luca, – ma in fondo ha ragione Rosa. Che ti importa se lui è bisex?

– Come che mi importa? Lo dovrei dividere con un uomo?

– Volevi anche l'esclusiva? Non si può avere tutto nella vita!

Quando papà mi presentò mio fratello

Devo fare una piccola digressione. Vi ho parlato degli anni Ottanta e di come mi sentissi sempre e comunque fuori luogo in ogni circostanza. Questo era dovuto anche al fatto che non avevo una vita famigliare semplice. Ma chi di noi l'ha avuta?

I miei si erano separati quando ero piccola e io vivevo con mia madre. Come tutte le figlie uniche, ero guardata a vista. Andare a una festa voleva dire che mia madre doveva preventivamente sapere vita, morte e miracoli dei genitori della bambina che la stava organizzando, nonché accompagnarmi e venirmi a riprendere nel giro di un paio d'ore. Spesso e volentieri non facevo in tempo a mangiare tutte le pizzette del buffet. Nel caso in cui la festa si fosse protratta oltre le otto di sera, io dovevo comunque rientrare a casa. Su questo non si poteva discutere, e neanche avevo voglia di farlo dal momento che alle feste non ero la benvenuta.

Papà non lo vedevo spesso. A volte la domenica mangiava da noi, ma non sapevo da dove venisse né dove tornasse alla fine del pranzo. Erano molto misteriosi al riguardo. Quando provavo a fare domande, le risposte erano sempre molto evasive.

Pensavo fosse una spia.

Quando arrivò la maturità, e per la precisione il giorno prima dei miei orali, la sera dovevo andare a ripassare da Matelda, ancora viva nonostante la malattia incurabile che diceva di avere. Non ci andai, perché a sorpresa arrivò mio padre.

Non ero mai stata sola con lui, né tanto meno si era mai presentato senza preavviso. Lo accolsi imbarazzata e allo stesso tempo incuriosita.

Incominciò a parlare facendo un preambolo lunghissimo sulla sua adolescenza e maturità, sfociata nel matrimonio con mia madre. Io pensavo al *De rerum natura*, di cui non ricordavo assolutamente nulla.

A un tratto, fui colpita da una frase.

– Scusa papà, non ti ho sentito. Dicevi?

– Dicevo che poi Rosetta è rimasta incinta.

– Ah, ecco. E chi è Rosetta?

– Ma hai ascoltato qualcosa di quello che ti ho detto?

– Sono un po' agitata per gli orali di domani. Scusa.

– Ma certo. Ti dicevo che Rosetta ha avuto un figlio e quindi tu hai un fratello.

– Come?

– Si chiama Nicola e…

– Oddio… E quanti mesi ha?

– Veramente ha sedici anni.

– Sedici anni! Ma mamma lo sa?

– Sì, sì. Non te l'abbiamo mai detto per non turbarti.

– Ora, invece, avete cambiato idea?

– Mi sembrava giusto che tu lo sapessi.

– Quindi non sei una spia?

– Una spia?

– Niente, niente… Ci posso pensare un po' su? Con calma, magari, visto che domani ho una delle prove più importanti della mia vita.

– Certo. Ci sentiamo domani. E vedrai che andrà tutto benissimo.

Quando papà andò via, mi sentivo come se mi avesse investito un camion. Non so perché decisi di chiamare Francesco. Forse perché speravo di avere da lui, l'uomo che amavo, un consiglio, un parere: o forse perché non mi sembrava vero di avere una scusa valida per chiamarlo. E quella di certo lo era, almeno così pensavo. Insomma, alla fine presi coraggio e lo chiamai. Gli raccontai tutto.

– Fico!

– Come fico? Sì certo… ma considera che…

– Quanto sei noiosa… hai un fratello ora, e ti lamenti pure.

– Ma Francesco…

– Sei una ragazzina, Chiara.

– Perché?

– Senti, piuttosto, io devo dirti una cosa.

– Dimmi.

– Non ti arrabbi?

– Peggio di così…

– Ti avevo detto che dopo l'estate ci saremmo messi insieme, no?

– Sì, infatti.

– Ecco, magari rimandiamo. Che ne dici?

– Perché?

– Mi sono messo con Rosa.

– Oddio!

All'improvviso compresi perché Rosa ci tenesse tanto a invitare Francesco alle sue riunioni.

– Non la prendere male come al solito. Il nostro è vero amore. È successo, che potevamo fare? Te lo voleva dire lei, ma visto che hai chiamato…

– Non so che dire… quindi ti saluto.

– Okay. Ah, salutami tuo fratello.

– Ma se neanche lo conosci!

– E che c'entra, Chiara, mamma mia… – e riattaccò.

A quel punto di studiare non se ne parlava proprio. Feci quello che avrei dovuto fare fin da subito. Chiamai Matelda.

– Ma siamo pazzi!

– Che devo fare secondo te?

– Ah, non ne ho la più pallida idea. Che impressione, ma sarà uguale a te?

– Mi auguro per lui di no.

– Già, poverino.

– E poi non sai che mi ha detto Francesco!

– No, ma qualcosa mi dice che presto lo saprò.

Trascorremmo la vigilia degli esami al telefono.

Il giorno dopo, non affrontai gli orali al meglio.

Non ricordavo nulla. Avevo un fratello e Francesco si era fidanzato con Rosa. Non poteva andarmi peggio.

Mi facevano le domande, ma io non riuscivo a rispondere. Il professore di Storia e Filosofia, che faceva il membro interno, tossicchiava imbarazzato: – Dovete scusarla, la ragazza è sempre stata molto sensibile.

– Non si preoccupi, capiamo. Che ti succede, cara? Hai bisogno di un po' più di tempo?

– No, grazie… è che…

E andò a finire che raccontai tutto. I membri della commissione d'esame si appassionarono. Ricordo che gli altri professori smisero di interrogare gli studenti e iniziarono lentamente ad avvicinarsi per ascoltare. Il presidente della commissione, che mi doveva giudicare, aveva gli occhi sgranati, fissi su di me, e alla fine sentenziò: – Quindi suo padre non era una spia!

– No.

– Però! Meglio di *Beautiful!*

Presi cinquantaquattro. Avevo un fratello da conoscere e un uomo da dimenticare. Riuscii solo nel primo intento. Oggi posso dire di avere un gran bel fratello che, al contrario di me, è anche sano di mente. Prova ne sia il fatto che è sposato. E che dire di mio padre? Certo, non era una spia, e questo mi aveva deluso non poco. Me lo ero immaginato in giro per l'Europa, con passaporti falsi e cambi di identità. Una cosa, però, la devo dire: se fosse stato una spia avrei perso l'occasione di conoscerlo davvero. Eppure, mi è rimasto un ragionevole dubbio.

E se un giorno ricevessi una sua visita, la sera prima di un colloquio di lavoro importante, e mi confessasse di avere una tenuta in Colombia e una casa a Parigi per le emergenze?

Magari potrei trovare per caso, tra le sue carte, dei passaporti falsi. Aprirli e scoprire che alle sue foto corrispondono nomi tipo: Mr Smith, Mr Roger e così via.

Magari ho una sorella.

Non si sa mai.

L'amore può aspettare

Gli amici

Gli anni trascorrevano con una velocità impressionante e la mia certezza in un futuro migliore iniziava a vacillare. Con Francesco facevamo lunghe conversazioni telefoniche. Lui mi raccontava dei suoi amori, che erano veramente tanti, e io pensavo, contro ogni logica, che prima o poi avrebbe trovato una sua stabilità con una donna e che quella donna sarei stata proprio io.

I miei legami di amicizia, invece, diventavano sempre più forti. Allora non me ne rendevo conto, ma oggi, a distanza di quasi vent'anni, quelle persone mi stanno ancora accanto.

Luca, Michele e Matelda ormai dovreste aver imparato a conoscerli.

Luca diceva sempre la cosa sbagliata al momento sbagliato. Per distrazione, sosteneva. Io ero invece convinta, e lo sono tuttora, che lui fosse l'inconscio di tutti noi. Le verità inconfessabili spingevano per venir fuori e lo obbligavano a dire cose che nessuno avrebbe mai voluto ascoltare. Michele viveva in un mondo tutto suo, dialogava con i supereroi e si perdeva sempre, anche solo attraversando la strada. Matelda ogni mese credeva di aver contratto una malattia mortale per poi scoprire amaramente che invece sopravviveva. Poi c'era Rosa, che si era lasciata con Francesco e in quel periodo stava frequentando un ragazzo del movimento studentesco di cui poi, per fortuna, si persero le tracce in Chiapas, perché era insopportabile; Chicca, che aveva iniziato a suonare la chitarra (ora è una musicista molto brava e vive a Londra); Giulia, conosciuta durante il primo esame universitario e con la quale ho trascorso giornate indimenticabili preparando gli esami (l'unica, di noi, ad essersi sposata); Michela, sorella di Matelda, afflitta da una bizzarra dislessia a causa della quale non riusciva mai a farsi capire; Susanna, che non ha mai imparato a contare fino a dieci prima di dire la sua, e infine Chiara, eternamente stizzita con il mondo intero, e come darle torto? Eravamo ben assortiti. Trascorrevamo le serate a casa mia a parlare di noi.

Di solito questo avveniva il giovedì, perché il giovedì sera trasmettevano *Twin Peaks*, ve lo ricordate?

Tutto ebbe inizio durante quelle riunioni. Usavamo come pretesto il telefilm di David Lynch, ma la verità era un'altra. La verità era che avevamo bisogno gli uni degli altri. Avete presente le terapie di gruppo che si vedono nei film americani?

Al posto del «Ciao, mi chiamo Chiara e sono un'alcolista» (affermazione che potrebbe calzarmi perfettamente oggi), usavamo un'altra tecnica.

Io mi sfogavo perché non trovavo nessun uomo che mi amasse, Matelda parlava dei suoi check-up, Rosa diceva di amare uno che non la ricambiava (solitamente un rivoluzionario), mentre aveva una storia con un altro che la amava, ma che lei invece non amava. Susanna passava la maggior parte del tempo a litigare con il suo fidanzato con cui stava da anni ma di cui non le andava bene nulla e quando, alla fine della serata, affrontavamo l'argomento sesso (per chi lo faceva), io e Matelda spesso ci addormentavamo, Michele non smetteva mai di parlare (a volte anche da solo) e Luca accarezzava languidamente il suo cane, intervenendo ogni tanto con le sue frasi a effetto che riuscivano ad ammutolirci per qualche secondo. Susanna intanto, in un angolo della casa, litigava indisturbata con il ragazzo. Come sottofondo musicale, Chicca pizzicava le corde della sua chitarra con sguardo assente. Solo quando si passava a un altro argomento, i nostri genitori, ognuno interrompeva qualsiasi attività. Il tema era spinoso e aveva bisogno di una certa concentrazione. Ma la conclusione arrivava cinque minuti dopo e non cambiava mai: era tutta colpa loro.

A quel punto, sollevati, tornavamo alle attività appena interrotte.

Credo che gli incontri nella vita non avvengano mai per caso. Noi, in particolar modo, ci siamo cercati e, una volta trovati, non ci siamo più lasciati.

Sono cresciuta così, e se sono diventata quella che oggi vi scrive, in parte lo devo a loro.

Certo, forse sarebbe stato utile, qualche volta, non dirci proprio tutta la verità, ma una bugia, ogni tanto, solo per gratificarci un po'. La mia autostima ne avrebbe tratto giovamento.

«Sei bellissima, Chiara, con questo vestito. Ti sfila».

«Dici davvero Mati?»

«Assolutamente».

Oppure:

«Ma lo sai Chiara che con gli uomini sei davvero brava? Hai quel non so che di misterioso e affascinante».

Ma a quel punto non sarebbe stata terapia di gruppo.

Con il tempo, a questa bizzarra cricca si aggiunsero altre persone, tutte accomunate da una lucida e sana pazzia. Quando terminava *Twin Peaks*, rimanevamo alzati fino a tarda notte.

Una sera, intorno alle quattro del mattino, stremati dalle lunghe chiacchiere, salutai Luca, Matelda, Michele, Rosa, Chicca e Michela, e andai a letto. Mi addormentai subito.

Pochi minuti dopo mi svegliò mia mamma: – Chiara... ma non ti sembra di sentire la voce di Matelda?

– Ma no, mamma, ti sbagli.

– Ascolta.

In effetti, prestando maggiore attenzione, si percepiva una voce lontana.

– Che dice? Non capisco…

Lentamente le parole presero forma e consistenza: – Soffocooo.

– Oddio, mamma, è proprio Matelda!

Ci precipitammo fuori sulle scale.

Lo spettacolo che ci trovammo davanti non lo dimenticheremo mai.

Erano rimasti tutti bloccati nell'ascensore tra un piano e l'altro. Matelda aveva il viso spalmato contro il vetro, all'altezza della fessura, e cercava di respirare, Luca, con fare professionale, aveva quasi smontato tutti gli ingranaggi per poterlo far ripartire, Michele tentava di rompere il vetro blindato dandogli colpetti con la chiave della macchina, Chicca si era messa a suonare la chitarra e Rosa, da sempre la più sveglia fra noi, era stata colta da un attacco di libido per la vicinanza di tanti corpi. Michela cercava di calmare Matelda che ormai era convinta di soffocare.

– Ho trovato l'ingranaggio che ci permetterà di uscire, – li rassicurava Luca.

– Non dire sciocchezze. Meglio rompere il vetro con la chiave, – obiettava Michele con la calma e la sicurezza dei giusti.

– Ma che dici? Non vedi che è blindato?

– Si rompe, si rompe – . *Tock*, fece la chiave sul vetro. – No, non si rompe, – concluse Michele con lo stesso tono di prima.

– Ragazzi, ma non trovate che questa situazione sia molto eccitante? – diceva Rosa.

– Non direi proprio. Piuttosto mi sento ispirata. .. – ribatteva Chicca prendendo la chitarra.

Bastaaa! Qui dentro sta finendo l'aria, non ve ne accorgeteee? Aiutooo, stiamo soffocandooo! È solo questione di tempo. E se continuate a parlare tutti insieme, brucerete tutta l'aria respirabile.

– Ma come avete fatto a entrare in sei lì dentro? – chiesi io cercando di distrarla.

– Avranno mentito sulla capienza, – sentii dire da Luca.

– Questo vuol dire che i cavi potrebbero cedere...

– Chiamo i pompieri, – disse mamma sconsolata.

Arrivarono alle sei del mattino, quando ormai Matelda si dava per spacciata, non so bene se per un'ipotetica carenza di ossigeno o per paura che l'ascensore precipitasse, Luca aveva smontato lo smontabile, Michele si era rassegnato all'idea che il vetro non si rompesse, Chicca aveva finito di comporre la sua canzone e Rosa, estenuata dal subbuglio ormonale, si era addormentata.

Eravamo fatti così. Una sera Luca e Michele ci dissero che avrebbero pensato loro ad affittare il film. Noi dovevamo invece pensare alla cena. Michela decise di portare con sé un ragazzo con cui stava uscendo in quel periodo. Avrebbe fatto bella figura perché sapeva che gli amici della sorella erano degli intellettuali. Anche mamma decise di unirsi al gruppo.

Eravamo tutti pronti intorno al televisore.

– Signora, è sicura che vuole rimanere anche lei?

– Ma certo, Michele.

Con riluttanza, Michele inserì la cassetta nel videoregistratore ma, prima di azionarlo, si rivolse di nuovo a mia madre: – Il film è molto lungo, finirà tardi, non preferisce andare a dormire?

– No no, mi piacciono le storie lunghe e complicate.

– Come vuole lei. Però poi non dica che non l'avevo avvertita.

Appena la cassetta partì, mamma iniziò a russare.

E per fortuna, perché era un film porno e della peggior specie.

Io, Matelda e Michela ci coprimmo gli occhi con i cuscini, Chicca azzardò un'analisi sociologica mentre il ragazzo con cui Michela era venuta se ne andò educatamente con una scusa e non si fece più rivedere. Noi, a quel punto, finimmo di vedere il film che, con grande sorpresa di tutti, aveva anche una trama.

A quel punto mamma, risvegliatasi dal sonno profondo, si alzò dal divano.

Michele scattò in piedi, mettendosi davanti allo schermo: – Va a dormire, signora?

– Si, Michele, avevi ragione, ero davvero stanca. Buona notte ragazzi. Vi lascio ai vostri film intellettuali, – e si diresse barcollando verso la camera da letto. – Comunque, – continuò, prima di scomparire dietro la porta, – che film triste. Tutto ansimi e sospiri. La prossima volta cercate di prendere qualcosa di più allegro!

– Giusto. Buona notte, – rispondemmo in coro.

Molti anni dopo, a una cena di lavoro, anche abbastanza importante, mi fermò un uomo.

– Chiara, ti ricordi di me?

– Scusa, ma proprio non credo di... – e intanto cercavo di darmi un tono, perché chi mi stava di fronte non era affatto male.

– Certo, si parla di tanti anni fa. Ero a casa tua, con i tuoi amici...

– Ah, ma in quel periodo casa mia era un porto di mare... – Nel frattempo si era avvicinata altra gente, incuriosita da questa strana coincidenza.

– Sì, infatti, proprio un porto di mare!

– Strano che io non mi ricordi, di solito ho una grande memoria fotografica.

– Io invece me la ricordo bene quella serata, anzi, benissimo – . Pensai mi stesse lusingando. Gli ero rimasta impressa e anche a distanza di anni si ricordava di me.

– Come mai? – chiesi ammiccante, ormai davanti a una decina di persone.

– Be', a quei tempi non capitava tutti i giorni di passare una serata a vedere un porno! E che porno, per giunta…

Alle sue parole seguì un silenzio imbarazzante. I presenti erano rimasti basiti, e mentre scivolavo via, sorridendo esageratamente, sentivo sguardi giudici e accusatori fissi su di me.

Avrete capito che in generale, e tranne qualche rara eccezione, non sono quella che si definisce una persona fortunata.

La mia intera esistenza è costellata di eventi che di solito non accadono alle persone normali. Luca mi diceva sempre che passeggiare con me lo faceva sentire tranquillo: «Perché se dovesse cadere una tegola dall'alto sono sicuro che finirebbe in testa a te! »

E in effetti un giorno, mentre portavamo a spasso i cani, successe l'inevitabile. Anche se a cadere non fu propriamente una tegola, ma una fila di processionarie.

La stessa cosa avvenne durante il nostro viaggio in Messico. Ero seduta in un pullman scassato, che ci avrebbe portati al confine con il Guatemala, in mezzo a galline, uova e uccelli di ogni genere. Accanto a me c'era Luca. A un tratto, sentii qualcosa tra i capelli.

– Luca. Che ho in testa?

– Aaaah! – urlò e scomparve sotto il sedile.

In testa avevo un bacarozzo gigante.

Anche quando ai mondiali del 1994 l'Italia arrivò in finale, Matelda, Michele e io ci ritrovammo in centro a festeggiare. Un gruppo di persone giocava a prendere le ragazze e buttarle vestite nella fontana di piazza del Popolo. Presero anche me e Matelda, mentre Michele si era già perso per le vie del centro. Io però finii in una fontana senz'acqua, sbattei violentemente la testa e trascorsi la notte al pronto soccorso. Di Michele non si ebbe più notizia. Riuscì a tornare a casa alle prime luci dell'alba, e non da solo.

In un certo periodo della mia vita, era sempre Luca quello a cui chiedevo aiuto ed era sempre lui che elargiva perle di saggezza e parole di conforto. Ricordo che una sera, dopo l'ennesimo fallimento con Francesco, la mia disperazione era al suo apice.

– Chiara, – mi diceva lui paziente, – vedrai che un giorno la tua vita cambierà.

– Lo credi davvero?

– Ma certo! Un giorno girerai l'angolo e troverai proprio la persona che cerchi.

– Volesse il cielo.

– Non ho dubbi. Ci sarà di sicuro l'uomo della tua vita ad aspettarti. L'unico dubbio che mi assale è che tu potresti non girarlo mai quell'angolo.

Vivere in queste condizioni, perennemente minacciata da eventi incontrollabili, non è cosa da poco. Anche viaggiare può diventare un incubo, e non solo per me.

C'erano persone che prima di andare in vacanza chiedevano quale sarebbe stata la mia meta estiva, in modo da dirigersi altrove ed evitare spiacevoli inconvenienti.

La mia casa, poi, era diventata una specie di ritrovo per disadattati.

Una sera avevo organizzato la proiezione del film *Underground*. Ognuno avrebbe portato qualcosa per cena, io avrei affittato la videocassetta.

Un paio di giorni prima, nel solito pub, avevamo incontrato Rosa. Era seduta accanto a una persona che si presentò come «il Teschio» (il suo vero nome non lo ricorda nessuno). Ci sedemmo al tavolo con loro e iniziammo a parlare della cena da organizzare. Rosa e l'amico ascoltavano in silenzio. A fine serata, per educazione e dal momento che era amico di Rosa, decidemmo di invitare anche il Teschio, nonostante il volto scavato, i bulbi oculari sporgenti e la mancanza di capelli lo facessero somigliare davvero a un morto.

Il sabato successivo, giorno della proiezione, che sarebbe dovuta iniziare intorno alle nove, nelle prime ore del pomeriggio arrivò, solo e insalutato ospite, il Teschio. Io ero in alto mare. Imbarazzata e in agitazione per la quantità di cose da fare, chiamai Matelda e Luca pregandoli di venire il prima possibile. Ma non riuscirono ad arrivare prima delle otto e io dovetti trascorrere tutto il pomeriggio in compagnia di uno sconosciuto, per giunta piuttosto inquietante, che appena arrivato si era seduto, gambe accavallate, sulla poltrona davanti al televisore e da lì non si era mosso più. Non disse mai una parola. Io però ero tranquilla. Si trattava comunque di un amico di Rosa.

La serata fu un successo, come sempre quando decidevamo di trascorrere il tempo tra noi. Verso le due del mattino non era rimasto quasi nessuno, tranne il Teschio. Avevo obbligato Matelda, Luca, Michele e ovviamente Rosa a rimanere con me fino a quando il Teschio non se ne fosse andato. Stavamo tutti morendo dal sonno, eccetto lui.

A un tratto, come spinto da una forza misteriosa, scattò, salutò tutti e se ne andò.

– Finalmente! – disse Luca.

– Mamma mia, non se ne voleva più andare! – aggiunse Matelda.

– Non ha detto una parola per tutta la sera. Rosa, santo cielo, ma da dove viene fuori questo tizio?

– E che ne so, chi lo conosce?

– Come chi lo conosce? È amico tuo!

– Mai visto prima. Sei stata tu a invitarlo. Che vuoi da me?

– Ma che dici? Al pub era seduto accanto a te, ecco perché l'ho invitato.

– Be', chi ti ha detto di farlo, scusa? Il fatto che fosse seduto accanto a me non voleva certo dire che fosse mio amico. Mi aveva chiesto se poteva sedersi e io gli ho detto di si. Tutto qua. Ora vado a casa. Buona notte.

Ci guardammo esterrefatti. Ero stata sola a casa per ore con un illustre sconosciuto con la faccia poco rassicurante, che in silenzio aveva mangiato, bevuto, si era guardato il film ed era sparito. Nessuno, compresa Rosa, seppe più nulla del Teschio. Per fortuna.

Quello che ho imparato all'Università

Tutte le mie speranze erano riposte nell'Università. Mondo affascinante, adulto, libero.

Ma nessuno sapeva come fosse, cosa aspettarsi, come affrontarla.

All'epoca, Internet era stato introdotto da pochissimo (io personalmente non sapevo proprio cosa fosse), i computer erano un bene di lusso e ci si iscriveva agli esami firmando un foglio bianco. I cellulari, che oggi i bambini portano in classe al posto del cestino con la merenda, non erano ancora così diffusi. Le ricerche le dovevamo fare in biblioteca, non certo su Google.

Centinaia di iscritti allo sbaraglio.

Sono trascorsi molti anni, ma il giorno in cui mi iscrissi alla facoltà di Lettere e Filosofia de «La Sapienza» (indirizzo particolarmente amato da chi non ha la più pallida idea di cosa fare della propria vita ed è destinato a un futuro precario) resterà impresso nella mia testa per sempre.

Consigliavano di presentarsi il prima possibile agli sportelli. Pensai che svegliarsi alle cinque del mattino fosse più che sufficiente. Avevo torto. Alle sei ero già in fila davanti all'economato. In verità, l'economato non riuscivo neanche a vederlo.

Ero in mezzo a una folla scomposta che si estendeva per un paio di chilometri. C'era chi spingeva, chi si chiedeva se quella che stava facendo fosse la fila giusta (a questa domanda non rispondeva nessuno) e chi, tra i più organizzati, forse veterani, aveva portato con sé panini e pizzette. Dopo sei ore, arrivò il mio turno.

Giunta trionfante allo sportello, l'uomo che sedeva dall'altra parte lo chiuse di colpo. Con altri quattro coraggiosi, protestai. La risposta fu secca e perentoria: – Signorina, è mezzogiorno, che pretende?

– Ma noi siamo qui dalle sei del mattino.

L'uomo fece spallucce e con serenità rispose: – La prossima volta venite alle cinque.

Tornai a casa. L'iscrizione non riuscita rappresentava il mio primo insuccesso.

Due giorni dopo (perché l'economato era aperto solo a giorni alterni) seguii il buon consiglio del segretario e questa volta, anche se per uno scarto di pochi minuti, riuscii a iscrivermi. A quel punto potevo essere considerata a tutti gli effetti una matricola.

All'inizio cercavo di frequentare quasi tutte le lezioni. I professori garantivano che, se lo facevi, all'esame ti avrebbero chiesto solo i diciotto libri di cui parlavano in aula anziché i ventitré inseriti nel programma.

L'unico inconveniente era che i libri risultavano quasi sempre introvabili.

Io non ho imparato granché all'Università, ma l'arte di arrangiarsi, di sopravvivere, quella sì. Ho imparato che il preside di facoltà (chiunque sia) è uno stronzo per principio. Ho imparato che è sempre meglio andare al bagno dei disabili perché è quello più pulito e con meno fila. Ho imparato a fare fotocopie di libri introvabili, tante fotocopie (attività che mi sono potuta rivendere negli stage in azienda). Ho imparato che andare al «ricevimento professori» è una perdita di tempo, perché il professore non c'è mai. Ho imparato che agli esami puoi studiare tutto, ma ti chiederanno sempre quello che non sai. Ho imparato che i due anni impiegati per scrivere una tesi che non verrà mai letta da nessuno andrebbero sfruttati meglio, per imparare una lingua all'estero, ad esempio.

Comunque, dopo i primi mesi, decisi che sarebbe stato meglio leggere i ventitré libri in programma piuttosto che continuare a frequentare le lezioni. Quando riuscivo ad arrivare all'Università, schivando manifestazioni, traffico e incidenti, il più delle volte ero costretta a tornare indietro perché non c'era parcheggio. Quando invece arrivavo e parcheggiavo (tutte e due le cose insieme accadevano di rado), l'aula dove si sarebbe dovuta tenere la lezione era sempre occupata da ragazzi di età indecifrabile con bonghi, kefiah, canne e petizioni da firmare contro il preside di turno. Credo siano ancora lì.

– Ma noi abbiamo lezione! – gridavamo disperati io e altri del corso.

– E noi combattiamo il sistema! E lo facciamo anche per voi.

– Occupando le aule? Che metodo è? Così impedite a noi di seguire le lezioni.

– Tu mi sa proprio che non hai capito un cazzo della vita.

– E che c'entra?

Non riuscivo mai ad afferrare il senso di quelle conversazioni.

Spesso, tra quei ragazzi c'era Francesco, la qual cosa aumentava la mia confusione.

Non ho mai capito cosa ci facesse lì, dal momento che si stava laureando in Giurisprudenza anche se, a pensarci bene, la sua vena rivoluzionaria poteva essere motivata dalla numerosa fauna femminile presente a Lettere.

Ricordo che la prima volta che lo vidi, per darmi un tono decisi di passargli davanti ostentando indifferenza e fingendo di guardare distrattamente da un'altra parte. Mi feci tutta la scalinata d'ingresso della facoltà di Lettere sul sedere. Quando atterrai vicino a lui, Francesco neanche si scompose: – Ciao Chiara, ti vedo in forma!

Ho rivissuto questa scena nella mia testa così tante volte che, purtroppo, penso dicesse sul serio.

Il primo esame fu un inferno.

Una settimana prima mi ritrovai a vagare senza meta per la facoltà: nessuno sapeva dirmi dove si sarebbero svolti gli esami, né come fare a iscriversi. Passavano le ore e l'ansia dentro di me cresceva insieme al codazzo di persone alle mie spalle, che avevano deciso di eleggermi a portavoce. Segnavamo a grandi passi l'intero territorio, ma ormai molti di noi avevano perso la speranza. Alcuni, forse, quell'esame non lo diedero mai.

Ci soccorse il bidello del dipartimento, che ci mostrò il foglio da firmare per poterci iscrivere.

Io ero la quattrocentoquarantaduesima. Un numero che non dimenticherò mai.

Il giorno dell'esame eravamo così tanti (all'inizio credevo fosse una sommossa) che la professoressa non poté fare l'appello in aula ma nei corridoi. Si fece portare un megafono perché quelli in fondo non riuscivano a sentire.

Era imbarazzata mentre cercava di divincolarsi dal foglio, diventato quasi un lenzuolo, che si andava sempre a incastrare sotto i suoi piedi.

Il mio nome non lo pronunciò.

– Mi scusi, ma io?

– Nome?

– Moscardelli.

– Non c'è.

– Come sarebbe non c'è? Posso vedere?

Il mio nome era stato cancellato con il bianchetto, e al suo posto campeggiava quello di un'altra persona.

– Come faccio ora?

– Non si preoccupi. Succede di continuo. Prima che qualcuno

passi a ritirarlo, se il foglio è pieno, c'è sempre chi pensa di fare il furbo. Cancella un nome e scrive il proprio al posto di quello cancellato. La metterò in fondo. Certo, questo vuol dire che dovrà aspettare...

– Ma non si preoccupi, grazie infinite! E più o meno di quanto slitto?

– Be', così su due piedi non le saprei dire. Deve aspettare che la mia assistente appenda in bacheca l'elenco diviso per giornate...

– Per farmi un'idea...

– Mah... un mese... giorno più, giorno meno. Arrivederci.

Io alla fine l'esame lo feci, anche se trascorse ben più di un mese.

Imparai però una cosa molto utile: munirsi sempre di bianchetto il giorno dell'iscrizione. Era una guerra.

Per anni andò avanti così: capitava spesso di presentarsi all'esame e scoprire che era stato rimandato a data da destinarsi o che c'era uno sciopero dei professori, o che il tuo turno sarebbe arrivato dopo l'estate perché il prof doveva andare in vacanza.

Ve l'ho detto. Ho imparato molte cose all'Università. Soprattutto, con il tempo capii che non faceva per me. Ogni esame rappresentava una tortura. Non facevo altro che studiare, ma appena mi sedevo davanti al professore avevo un crollo emotivo. Ero la classica persona a cui chiedevano sistematicamente l'unica cosa che non aveva capito o studiato. Letteratura Italiana, per esempio. Avete idea di che razza di esame sia?

Tutta la letteratura italiana dal Quattrocento fino a oggi. Comprese le tre cantiche della *Divina Commedia*. Ci misi sei mesi a prepararlo. L'unica cosa che non riusciva proprio a entrarmi in testa era il Metastasio. Inutile dirvi cosa mi domandarono quando mi sedetti.

– Mi parli di una cosa che finora non ho mai chiesto. Di una figura a mio avviso ingiustamente trascurata dalla critica: il Metastasio.

Scoppiai a piangere.

Non so come, ma alla fine riuscii a finirla, questa benedetta Università. E proprio al mio ultimo esame decisero di abolire il libretto elettronico con cui si usava verbalizzare. Scrissero l'esito su un foglietto che sarebbe rimasto a loro.

– Mi scusi, ma a me non rimane niente?

– Signorina, e che ci vorrebbe fare?

– Conservarlo...

– Non si fida? Non si preoccupi. Stia tranquilla che archiviamo tutto.

Tranquilla non mi sentivo affatto, ma anni di battaglie mi avevano forgiato il carattere, ero pronta a tutto, nulla poteva più sorprendermi. Eppure, anche questa volta, ci riuscirono.

Avevo trascorso due anni a preparare un'inutile tesi che nessuno ha mai letto. Il giorno in cui finalmente portai i documenti per la discussione di laurea al solito, affidabilissimo economato, l'uomo allo sportello, che non era lo stesso del giorno in cui mi ero iscritta (quello doveva essere in pensione già da anni) mi fece gelare il sangue: – Scusi, ma lei non può assolutamente laurearsi!

– In che senso?

– Ha fatto solo diciannove esami. Lei signorina deve tornare quando ha fatto tutti gli esami. Che sono venti, non diciannove. Ha capito? Torni quando ha dato anche l'ultimo esame. Arrivederci. Chi c'è dopo?

Dio mi perdoni per quello che feci. La vista si annebbiò, le orecchie presero a fischiare e persi il controllo per cinque, dieci secondi buoni. Quando mi risvegliai dallo stato di torpore avevo il busto dentro lo sportello mentre la folla cercava di tirarmi giù dal bancone. Alla fine, per fortuna, ci riuscì, non senza un grande sforzo.

Un signore, in fila da ore per iscrivere il figlio alla facoltà di Lettere, prese a cuore il mio caso. Parlò con l'addetto allo sportello mentre io giacevo svuotata sulle scale. Gli risposero che sarei dovuta andare dal professore con cui avevo fatto l'ultimo esame e sperare che si ricordasse di me o che avesse segnato il voto finale da qualche parte. Ringraziai l'uomo che mi aveva soccorso e mi avviai barcollante verso il dipartimento di Storia dell'Arte.

Non credo che il signore abbia più iscritto il figlio, o per lo meno lo spero.

In facoltà scoprii che il professore riceveva solo di venerdì, e per non più di un'ora, che dedicava principalmente ai laureandi.

Trascorsero molti venerdì prima che riuscissi a parlare con lui. Una volta era in vacanza, un'altra faceva sciopero, un'altra ancora era all'estero per un congresso.

Quando capitò il venerdì giusto scongiurai i ragazzi che erano in fila prima di me di farmi passare. Molti protestarono, altri si impietosirono.

Il professore non ricordava affatto chi fossi.

E io non avevo neanche più lacrime da versare.

A salvarmi fu la sua fretta.

– Signorina, guardi, io non ho tempo da perdere, ha visto la fila che c'è fuori? Tra l'altro devo riceverli tutti oggi perché poi non ci sarò per due settimane.

– Immagino. Io però mi vorrei laureare...

– Come tutti, credo.

– Appunto. Guardi, lei mi deve solo firmare questo foglio che attesta che due anni fa ho fatto l'esame con lei.

– Ma io che ne so se lei ha fatto davvero questo esame?

– La prego. Non si ricorda? Era l'anno in cui abolirono i libretti elettronici. C'era grande confusione e lei aveva appena avuto la cattedra e...

– Senta, io non ho tempo da perdere. Mi dia questo foglio e mi dica dove devo firmare.

– Ecco. Qui sotto.

– E quanto avrebbe preso all'esame?

– Trenta, – risposi, senza troppa convinzione. Non ero più sicura di nulla.

– Se lo dice lei. – Mi guardò come si guarda una persona che ha appena detto una colossale stronzata.

Con questa frase si concluse la mia carriera universitaria.

Per anni ho dubitato di averlo effettivamente dato, quell'esame, e ancora oggi mi sveglio in piena notte con il cuore in gola convinta che il professore non mi voglia firmare quel foglio perché in fondo sa che, anche se «lo dico io», l'esame non l'ho mai sostenuto.

L'interrail

Durante i difficili anni universitari, io e Matelda ci eravamo messe in testa che, anche se tutto andava male, il mondo bisognava conoscerlo. Volevamo viaggiare.

Esisteva, e credo esista tuttora, l'interrail pass, con cui i ragazzi al di sotto dei ventisei anni possono girare in treno tutta l'Europa per quindici giorni o un mese.

Facemmo tre viaggi, di un mese ciascuno, per tre anni consecutivi. Per il primo, scegliemmo Irlanda, Scozia e Inghilterra. Era il nostro primo viaggio da sole. Avevamo ventun anni.

Partimmo deformate dal peso dello zaino. Non sapevamo cosa ci sarebbe servito, e nel dubbio portammo tutto. Alla stazione, il cane di Luca fece pipì sul mio zaino. Il guardaroba che avevo dentro non si riprese più. Quando tornai a Roma dovetti buttare quasi tutto, compreso lo zaino.

In un castello scozzese conoscemmo un gruppo di ragazzi di Milano con i quali trascorremmo una notte indimenticabile. No, non sto parlando di sesso, mi riferisco a spaghettate di mezzanotte nella cambusa dell'ostello, passeggiate notturne in posti proibiti, con successivo inseguimento da parte di alcuni cani, ancora spaghettate, qualche canna.

Per noi quello era il vero divertimento e a nessuna delle due era ancora venuto in mente che forse c'era un altro modo di trascorrere la notte in compagnia dei ragazzi che conoscevamo.

Con il secondo interrail visitammo Francia, Spagna e Portogallo. All'inizio, stabilimmo di fermarci a Nizza per un paio di giorni. Mentre la percorrevamo in lungo e in largo, una mattina decidemmo di mangiare un boccone al McDonald's locale. Matelda faceva la fila alla cassa, io scesi le scale per andare in bagno.

Era occupato. Aspettai paziente. Scese anche Matelda. Nulla. A quel punto decidemmo di mangiare e riprovare più tardi. Dopo un'ora tornai al bagno. Era sempre occupato. Provai a guardare in basso dalla fessura e vidi due gambe distese a terra, rigide. Salii di corsa le scale.

– Matelda! C'è una persona chiusa in bagno, distesa a terra.

– Che stai a di'? Sei sempre esagerata.

– Te lo giuro.

Andai alla cassa e raccontai quello che avevo visto. Ma eravamo in Francia e per risposta ricevetti due pernacchie, intervallate da altrettante parole, incomprensibili.

Tornai giù. Iniziai a bussare alla porta, invano. Gridai. A quel punto scesero delle persone con la targhetta del McDonald's. Guardarono attraverso la fessura della porta e corsero al piano superiore. Pochi minuti dopo arrivò la polizia, che sfondò la porta e si portò via un cadavere, sotto gli occhi atterriti miei e di Matelda.

Si portarono via anche noi, a dir la verità. Come testimoni di non si sa bene cosa.

Una volta in questura ci lasciarono libere quasi subito a causa di una evidente, quanto irrisolvibile, incomunicabilità linguistica.

Fu durante quello stesso viaggio che in una stazione sperduta della Spagna lasciai Matelda sulla banchina e salii su un treno per chiedere informazioni.

Purtroppo il treno partì e io non potei fare altro che affacciarmi al finestrino e gridare a Matelda, man mano più piccola, che ero rimasta bloccata lì sopra. Lei alzò lo sguardo: – Chiara, che fai? E ora?

– Non lo so. Che possiamo fare? Tu sei lì e io sono qui! – riuscii solo a dire, ma le mie parole si confusero con il rumore delle rotaie.

Scoppiai a piangere. Non avevo nulla con me. Chiesi ai passeggeri dove stesse portando quel treno. Per fortuna trovai un gruppo di italiani.

– A Tolosa, – mi risposero.

– Ferma? – chiesi io.

– No. È un diretto.

– Be', poco male. A Tolosa scendo e torno indietro…

– Ma Tolosa in Francia, non in Spagna. Arriva domani a mezzogiorno.

Se c'è una cosa che non ho mai fatto nella vita è perdermi d'animo. Tirai il freno d'emergenza e scesi di corsa.

Ci misi quasi tutta la notte a raggiungere Matelda a piedi. Camminai lungo le rotaie, sotto la pioggia. Poi vidi delle luci. Erano le luci della stazione che avevo lasciato. Trovai Matelda che gesticolava e discuteva animata con un uomo in divisa. Accanto a lei giacevano i nostri zaini e il sacco a pelo sul quale molto probabilmente aveva trascorso parte della notte. Dall'espressione annoiata del tizio con cui stava parlando, dedussi che doveva averlo tediato per ore. Mentre mi avvicinavo, non vista, riuscii a sentire solo alcune frasi: – My friend… is still on the train…

A quel punto ero arrivata alle sue spalle: – Matelda. Sono qui.

L'uomo approfittò del diversivo e scomparve. Matelda invece, ancora sotto shock, non sapeva se inseguire l'unica ancora di salvezza di quella notte o restare.

– Guarda che sono tornata, – insistevo io.

– Sei una cretina! – sentenziò appena si rese conto che ero tornata davvero.

Non ci fu il tempo di discutere del perché e del come io fossi salita su un treno in partenza. Eravamo troppo felici di esserci ritrovate. Ci abbracciammo e andammo al bar a fare colazione. C'erano delle priorità da rispettare.

Il terzo interrail fu magnifico: Norvegia, Svezia e Finlandia passando per Amsterdam, Berlino e concludendo il viaggio a Parigi, dove avremmo incontrato altri nostri amici.

Sul treno per Amsterdam conoscemmo un gruppo di ragazzi con cui rimanemmo per tutto il mese. «I truciolini», così soprannominati per via dell'abbigliamento fricchettone, ci fecero compagnia per tutta la durata del viaggio: i fiordi norvegesi, le isole Lofoten, Capo Nord e poi i laghi finlandesi, Stoccolma, Berlino.

Neanche questa volta fummo sfiorate da un pensiero erotico. C'era qualcosa che non andava.

Io legai in modo particolare con Alessandro, un ragazzo di Torino con il quale trascorrevamo serate intere a chiacchierare. Io gli parlavo di Francesco e lui del suo malessere esistenziale.

A Berlino ci separammo. Noi dovevamo prendere un notturno che ci avrebbe portate a Parigi, dove avremmo incontrato Giulia, Susanna e gli altri nostri amici provenienti da diverse zone d'Europa.

Prima di partire promettemmo di incontrarci a mezzogiorno del 27 agosto davanti alla piramide del Louvre.

Anche senza cellulari, all'incontro non mancò nessuno. A ripensarci ora sembra pazzesco. Ognuno di noi aveva fatto l'interrail in zone differenti dell'Europa e in un mese sarebbe potuta succedere qualsiasi cosa. Eppure eravamo tutti lì.

Dopo un lungo dibattito decidemmo di trascorrere la giornata a Eurodisney.

Parigi la conoscevamo un po' tutti e in quei giorni la città era invasa dai papaboys. Sarebbe stato impossibile girarla.

Sembravamo impazziti. Salimmo su tutti i giochi, compresi quelli per bambini, finché decidemmo di provare le montagne russe. Arrivato il nostro turno, ci sedemmo e scattarono automaticamente le chiusure di sicurezza. Ma non per me. Mi girai verso Andrea, il ragazzo di Giulia, e cercai di spiegargli l'accaduto.

– Andrea.

– Sì.

– Non ha fatto il *clic*...

– Che cosa?

– La sbarra. A te si è chiusa, a me non sembra prop...

Non riuscii a finire la frase, perché il treno partì all'improvviso a una velocità pazzesca. La testa, che non era bloccata dal fermo, si piegò all'indietro. Non riuscii più a raddrizzarla. Sentii un rumore sinistro. Anche Andrea lo sentì. Proveniva dal mio collo. Pensai di essermi rotta la spina dorsale. Andrea accanto a me urlava di fermare la macchina e la cosa mi provocava ancora più angoscia. Rimasi con il collo all'indietro per dieci, interminabili minuti. Se non altro non potevo soffrire di vertigini, perché gli occhi erano fissi al cielo.

Quando la corsa finì, scesi dal sedile ma rimasi con il collo piegato all'indietro.

Quattro Aulin e un'iniezione di Voltaren mi riportarono in posizione eretta.

Non so perché ma durante i nostri interrail non sono mai, e dico mai, riuscita ad avere una storia, nemmeno breve, con un ragazzo. Un po' dipendeva dal tipo di viaggio: quasi ogni giorno ci trovavamo in un posto differente e non c'era tempo di approfondire la conoscenza. Ma la ragione era anche un'altra.

Quando riuscivo a conoscere qualcuno, il copione era sempre lo stesso: lunghe passeggiate al chiaro di luna e intense chiacchierate di notte, nella sala comune degli ostelli. A sentir loro io ero tanto intelligente, tanto simpatica, tanto ironica, tanto tutto. Ma allora perché alla fine della serata se ne tornavano a dormire in camera da letto da soli o con la ragazza che era entrata nella sala comune cinque minuti prima e che in quei cinque minuti era riuscita là dove io avevo fallito?

Non lo so. Forse è perché sono nata podalica.

So solo che sognavo il grande amore, e quei ragazzi anche, ma lo trovavano sempre in qualcun'altra.

Quando tornavo a Roma, i racconti che le mie amiche facevano delle vacanze erano conditi da incontri romantici, attrazioni selvagge e sesso sotto le stelle. Io potevo al massimo parlare di quella volta che avevo trovato un cadavere nel bagno del McDonald's o di quando ero salita sul treno sbagliato.

«E uomini?» mi domandavano.

«Sì, be', mentre ci spostavamo in treno ho incontrato un tipo e mi sembrava che fosse interessato...»

«E cosa è successo?»

« Si è incendiato il vagone e quindi... »

Oppure:

«E poi com'è finita con il ragazzo di Torino, quello con cui avete fatto il viaggio insieme?»

«Ci trovavamo in tutto, sai? Incredibile. Stessi interessi, stesso modo di viaggiare...»

«Che bello. E che è successo?»

«Niente. A Stoccolma ha conosciuto una ragazza di Napoli. Credo stiano ancora insieme, perché?»

Il fatto è che mentre vivevo quelle esperienze, quegli incontri, avevo altri bisogni e desideri.

Sarebbe sbagliato considerarle tutte occasioni sprecate. All'epoca non era così che le vedevo.

Oddio, certo, il sesso sotto le stelle non sarebbe stato poi tanto male.

Quando la neve fa perdere ogni traccia

A ventitré anni nessuno si era ancora laureato, ma tre interrail in giro per l'Europa ci avevano convinti di essere grandi viaggiatori. Quindi perché non affrontare un'esperienza *on the road?* Con Matelda, Chicca e il suo ragazzo decidemmo di passare il capodanno a Strasburgo.

Io ero ancora vergine, ma fiduciosa. Francesco era il mio chiodo fisso. Lo incontravo di continuo all'Università ed ero convinta che prima o poi si sarebbe riscoperto, come per magia, innamorato di me. Era solo questione di tempo.

Caricammo la macchina e all'alba partimmo alla volta di Strasburgo.

Viaggiammo tutto il giorno alternando canti a squarciagola, chiacchiere e dibattiti sui nostri gusti musicali. Io, in particolar modo, mi ero accanita contro gli U2. Sostenevo, a torto, che le loro canzoni fossero tutte uguali.

Verso sera raggiungemmo Colmar, la nostra prima tappa, deliziosa cittadina dell'Alsazia considerata una piccola Venezia.

Eravamo stanchissimi, faceva un freddo terribile, e le strade erano ricoperte da una spessa lastra di ghiaccio. Ma il posto era meraviglioso.

Pierluigi, da vero signore, decise che prima di parcheggiare ci avrebbe fatti scendere con i bagagli vicino all'ingresso principale dell'alberghetto. Matelda, mentre lo allertava perché fosse prudente nell'eseguire la manovra sul ghiaccio, mise un piede in fallo e con tanto di cappottino, borsetta e valigia (sono sempre rimasta colpita da come Matelda riuscisse a conservare classe e compostezza in ogni situazione) scivolò rovinosamente quasi sotto le ruote della macchina mentre questa, con una manovra che ancora oggi mi risulta ignota, slittava, andandosi a schiantare contro quattro auto parcheggiate, distruggendole.

Passammo la notte ad aspettare i soccorsi.

Così ebbe inizio il nostro viaggio *on the road.*

I giorni successivi però furono fantastici. Visitammo posti incantevoli e con la scusa del freddo entravamo di continuo in accoglienti caffetterie, alternando bicchieri di *vin brulé* a tazze di cioccolata calda. Per farla breve, eravamo sempre ubriachi e con un alto tasso di glicemia nel sangue.

II terzo giorno uno dei miei alluci si surgelò.

La notte del 31 cenammo in un caratteristico ristorantino di Strasburgo, assaporando formaggi che sembravano fatti con il burro fuso accompagnati da marmellate aromatizzate alla cipolla, al pomodoro verde, al peperoncino. Ci alzammo da tavola provati, nel fisico e nello spirito. Non credo di aver mai più mangiato così tanto.

Matelda, che ha sempre sostenuto di reggere l'alcol alla grande, si ritrovò ubriaca dopo appena due bicchieri di vino. Ancora oggi mi chiedo se sia stato l'alcol a trasformarla dalla donna posata che ho sempre conosciuto nell'erinni scomposta di quella notte fatale.

Vagavamo per la città ghiacciata, gonfi di cibo, sorridendo ai pochi passanti per minimizzare le urla di Matelda che ogni tanto scivolava, si rialzava, vomitava e riprendeva a gridare.

Entrammo in un pub per farla bere ancora e darle così il colpo di grazia.

Il locale era delizioso e pieno di gente. Trovammo quasi subito un tavolo e mentre noi chiacchieravamo animatamente Matelda, in silenzio, afferrava bicchieri alla rinfusa scolandoseli alla velocità della luce. All'improvviso, come rianimata da qualcosa, sembrò accorgersi della nostra presenza. Guardò noi, i bicchieri vuoti, di nuovo noi.

In quel momento arrivò la cameriera per le ordinazioni.

Non avrebbe potuto scegliere momento peggiore.

Matelda ormai aveva capito: si era bevuta le birre di qualcun altro. Ma questa nuova consapevolezza aveva fatto nascere in lei un pensiero ancora più insidioso: quel qualcun altro aveva di sicuro l'Aids.

Gridando frasi sconnesse scomparve in bagno per poi riapparire appena in tempo per il brindisi.

Mancava pochissimo alla fine dell'anno.

Il conto alla rovescia era appena iniziato e fui distratta dall'ingresso di un gruppo di ragazzi. Uno, in particolar modo, attirò la mia attenzione. Rimasi incantata, tanto più perché lui mi sorrise (o così allora mi sembrò).

Spinta dal coraggio che può avere solo una ragazza disperata, quando ormai il conto alla rovescia stava raggiungendo il suo apice afferrai due bicchieri di prosecco e mi diressi verso di lui. Con una sfacciataggine di cui ancora mi vergogno, gli offrii un calice e gli urlai in un orecchio: – Buon anno!

Ripresosi dallo shock riuscì a rispondermi: – Buon anno a te! Ci possiamo unire a voi?

– Ma certo.

Pensieri confusi si affollavano nella mia mente. Gli piacevo? Se era così, dovevo cercare di dare il meglio di me. Dopo le presentazioni iniziali, ci mettemmo a chiacchierare. Loro erano di Milano.

Ero quasi sicura che ogni frase di quel ragazzo fosse rivolta a me. Matelda, ormai preda del delirio alcolico, emetteva suoni misteriosi. E io, che di musica, come avrete già intuito, non ci ho mai capito un cazzo, iniziai a parlare di gruppi e concerti, e di qualità musicali di alcuni cantanti. Sono sempre stata una creativa. Di colpo ero diventata una musicologa.

In febbraio gli U2 avrebbero tenuto un concerto a Milano e lui ne era entusiasta. Fu allora che mi sentii dire, spaventandomi anche un po': – Ma io adoooro gli U2.

– Veramente? Allora non so... magari, per il concer...

– Ma che stai a di'?

Matelda, che fino a quel momento aveva continuato a tracannare litri di alcol e a fissare con sguardo vacuo il bicchiere (ero certa che stesse bevendo per dimenticare di avere contratto l'Aids), si era risvegliata all'improvviso e nel silenzio generale gridò: – A te gli U2 hanno sempre fatto schifo!

Di fronte alla verità, dura, disarmante, non esiste rimedio.

Mi accasciai sulla sedia senza più energie. Le avevo spese tutte nel costruirmi una credibilità come musicologa.

Per fortuna Chicca si mise a parlare della cena. Anche i ragazzi avevano mangiato tanto e bene e così si passò alla descrizione delle pietanze.

Uno di loro disse che si sentiva ancora pieno e che non riusciva a digerire tutto quello che aveva mangiato.

– Che ti frega? – intervenne Matelda.

– Sì, be', in effetti, però sto malissimo di stomaco e...

– Che problema c'è? Fai come faccio sempre io.

– E cioè?

– Mettiti due dita in culo e vomita, no?

Un silenzio glaciale piombò su tutti noi.

– Forse, Mati, volevi dire in gola.

– Sì appunto. E io che ho detto, scusa?

Smettemmo di ridere dopo un'ora. Matelda era un po' seccata perché non le sembrava di aver dato un consiglio così divertente.

Fu a quel punto che lui mi sussurrò qualcosa riguardo a delle chiavi e a una stanza d'albergo che divideva con i suoi tre amici.

– Aspettami qui, – disse. – Vado e torno. Ti ritrovo?

Annuii con enfasi quasi eccessiva.

– Così poi siamo più tranquilli, no?

Non avevo capito niente. Come se non bastasse, prima di uscire si girò per farmi l'occhiolino che forse, ora che ci penso, neanche era rivolto a me. Dovevo chiedere a Matelda. Lei mi avrebbe dato uno dei suoi lucidi e spesso lapidari pareri. Ma non potevo. Matelda era avvinghiata all'amico del mio futuro sposo. Mi sedetti di fronte a loro e decisi di aspettare. Era uno spettacolo indecoroso. Ma dalla mia avevo la certezza che la notte mi avrebbe riservato sorprese emozionanti. Chicca e Pierluigi, giustamente, volevano tornare in albergo.

– Sei sicura che non vuoi venire con noi?

– No no, non vi preoccupate.

Rimasi sola con i due. Trascorsero ore. Ormai stava albeggiando. Decisi di lasciare Matelda lì e tornare in albergo. Non trovai subito la strada. Faceva un freddo terribile e temevo per il mio alluce. Girovagai per più di un'ora e quando entrai in stanza c'era Matelda ad aspettarmi.

– Sei pazza!

– Che ho fatto?

– Mi hai lasciata da sola con uno sconosciuto!

– Be' ma non mi sembravi in pericolo…

– E che ne sai? Magari era un maniaco!

Sconsolata, non riuscii neanche a risponderle e mi infilai a letto. Iniziai a piangere.

– Ora che c'è?

– Sono proprio sfortunata, Matelda.

– E allora io che dovrei dire?

– In che senso?

– Se quello aveva l'Aids?

– Tanto l'avevi già presa bevendo dal bicchiere di un illustre sconosciuto.

– Allora vedi che lo hai pensato anche tu?

– Non ce l'aveva, Matelda!

– Tu che ne sai?

– Poi, anche se fosse, mica si trasmette così…

– Tz… questo lo dici tu.

– No, lo dicono i medici.

– E tu ci credi pure!

Era una battaglia persa. Singhiozzammo per il resto della notte, io per una ragione, Matelda per un'altra.

Quando tornammo a Roma, il ragazzo con cui Matelda si era avvinghiata le raccontò che il suo amico si era perso mentre tornava in albergo, si era quasi assiderato e aveva avuto la febbre per giorni. Di lui non seppi altro.

Perché capitano tutte a me?

Le gatte morte

Prima di continuare, credo sia doveroso da parte mia affrontare un tema scottante al punto da dare il titolo a questo libro. Sono da sempre convinta di una cosa: se fossi nata gatta morta, la mia vita sarebbe stata diversa.

La gatta morta è una categoria poco conosciuta, nascosta, silenziosa ma micidiale.

Ha pochi pensieri, chiari, semplici. Nessuna dietrologia, nessuna complicazione. Ha una vita serena perché ha un unico scopo: il matrimonio.

A diciotto anni ha le idee chiare su tutto ed è in grado di realizzare una cena completa per otto persone con sedici portate. Voi non ne siete capaci? Imparate alla svelta.

A venti ha deciso quale sarà l'uomo che sposerà. Magari non è un uomo in carne e ossa ma è comunque la categoria a cui appartiene che inizia a prendere di mira: l'avvocato, l'architetto, il notaio, il dottore. Le qualifiche sono importanti.

Nel frattempo tu stai vivendo dibattuta tra profondi pensieri e insondabili angosce. Devi trovare la tua strada nel mondo, cosa non facile.

A volte incontri un uomo che ti piace e allora ce la metti tutta per cercare di conquistarlo. Ti mostri una donna completa, che sa ascoltare. Lo lasci libero di fare le sue scelte, spesso dolorose per te, cerchi di capirlo, di assecondare il suo ego. Sei spigliata a letto e non hai mai l'emicrania, sei una buona confidente, una complice, un'amica.

E stai sbagliando, su tutta la linea. Infatti all'improvviso lui si innamora, ma mai di te.

Però ti ringrazia: è merito tuo se ha trovato l'amore. E tu ti arrovelli, ti domandi dove hai sbagliato e come abbia fatto un'altra, in così poco tempo, a riuscire là dove invece tu hai fallito.

Io le ho studiate a fondo e me ne sono fatta un'idea ben precisa. Le gatte morte sono geniali.

Dietro la loro apparente passività si nasconde una forza, un'aggressività senza pari. Sono burattinaie che muovono i fili di marionette inconsapevoli. Non c'è niente da fare. Contro di loro non esistono armi.

Ve lo dico con tutto il cuore: arrendetevi! Perché gatta morta si nasce, non si diventa.

Se lasciate andare in vacanza con gli amici il vostro ragazzo, se andate con lui a vedere i film di Dario Argento, se prendete la macchina perché siete indipendenti, state sbagliando tutto. Una vera gatta morta non lo farebbe mai.

Siete confuse? Lo credo bene. Io lo sono stata per anni. Ho trascorso periodi interi della mia vita ad ascoltare uomini lamentarsi di fidanzate che li privavano dei loro spazi, salvo poi decidere di sposarle. Sono spesso andata al cinema a vedere film come *Kill Bill* o sono rimasta a casa quando loro uscivano. Sarà capitato anche a voi di sentirvi dire dall'uomo dei vostri sogni che siete donne con cui si può parlare di tutto: se così è, mi dispiace tanto per voi. Perché so che la donna con cui invece non si può parlare di niente ve lo avrà portato via.

Se volete essere delle vere gatte morte allora abituatevi a non affrontare certi argomenti. Di sesso non si parla, è imbarazzante. Non si va al pub a bere una birra e fare quattro chiacchiere: la gatta morta non è un'amica. Imparate, una volta per tutte, che la gatta morta non prende la macchina da sola la sera, non lascia andare il ragazzo in vacanza con gli amici né tanto meno sopporta di vedere film di un certo tipo. La gatta morta non mette mai, e dico mai, in discussione il suo uomo, anzi, tutto quello che lui dice è vangelo. Non lo critica mai, né esprime opinioni precise su un qualunque argomento. È fondamentale, per una gatta morta, dimostrare di non essere in grado di fare alcunché senza l'aiuto dell'uomo. Inoltre lei è sempre bisognosa di coccole e di affetto, ha fame, è triste, ha freddo, non ce la fa a portare la borsa, soffre di mestruazioni dolorosissime. Questa sua presunta fragilità fa scattare l'istinto di protezione dell'uomo. Se siete donne indipendenti, con le vostre debolezze, ma pur sempre intellettualmente libere, allora non c'è rimedio. Rassegnatevi.

Un'ultima cosa, ma molto importante. Mai, e dico mai, concedersi al primo appuntamento. E neanche al secondo. E vi dirò: neanche al terzo. Insomma, cercate di non andarci a letto almeno per i primi mesi. Dite che è troppo? Resistete. Tante cene insieme, quello sì. E deve pagare lui, ovviamente: in guerra non esistono le pari opportunità. Tanti incontri in cui voi concedete qualcosa, alimentando la tenue fiammella della speranza, facendogli credere che prima o poi farete sesso con lui, quando invece sul più bello vi negherete e, a sorpresa, lui capirà, perché sarà convinto di avere di fronte una ragazza seria e non si sentirà respinto ma amato.

Ripeto, gatta morta si nasce.

Io, purtroppo, sono nata podalica: non si può avere tutto nella vita.

Per riconoscerle, indagate fra gli amici del futuro sposo: le gatte morte, di solito, non piacciono. Se invece voi risultate simpatiche, preoccupatevi. Io, per esempio, sono la classica donna con cui si può parlare di tutto.

« Sai, – mi sento dire spesso, – la mia ragazza non mi capisce, tra l'altro con lei non riesco a parlare di niente. E poi non va neanche d'accordo con i miei amici, e sono costretto sempre ad andare a vedere commedie romantiche perché non me la sento di portarla a vedere certi film.»

«Oddio, che film? Porno?»

«Ma no! Ma che porno, quelli al limite li possiamo vedere insieme io e te. Intendevo i film adrenalinici.»

«Gli horror? Be', quelli certo, anche io non...»

«No, macché horror, i thriller! Sai, è tanto sensibile e si spaventa sempre. Mica è come te.»

Oppure a cena:

«Che meraviglia guardare te che mangi. Finalmente una donna che dà soddisfazione!»

«Perché? Sto mangiando semplicemente un piatto di pasta.»

«La mia ragazza la pasta non la mangia mai. Dice che la ingrassa.»

«Ah.»

Se volete nonostante tutto cercare di imparare a essere delle gatte morte, quello che posso consigliarvi è iniziare dal cibo: un'insalata a cena è più che sufficiente. Se proprio non ce la fate, potete farvi un piatto di bucatini di nascosto e mangiarveli in bagno. La stessa cosa vale per l'alcol. Mezzo bicchiere di vino è già troppo. A casa poi eventualmente scolatevi una bottiglia di whisky.

Altro consiglio: non vi fate vedere troppo sciolte a letto. Sempre meglio sembrare pudiche. Una gatta morta non è mai di vedute aperte.

Quando lui vuole uscire con gli amici, poi, impediteglielo a ogni costo. Dite che avete bisogno di lui. Al massimo concedetegli il calcetto.

E infine, cosa più importante, non lasciatelo mai e poi mai libero di fare quello che vuole, e se anche un suo aneddoto vi potrà sembrare normale, fingete di scandalizzarvi fino allo svenimento: funziona sempre, l'ho visto con i miei occhi.

Ora che ho la coscienza pulita per avervi messo in guardia nei confronti della categoria, posso continuare a raccontarvi come le gatte morte hanno rovinato la mia vita.

Forse saperlo aiuterà qualcuna di voi.

Quando un mal di pancia può fare la differenza

Alla fine degli anni Novanta, io, Matelda, Luca e Rosa decidemmo di affrontare il nostro primo viaggio intercontinentale, e la scelta ricadde sul Messico.

Ci avevano raccontato che si poteva sopravvivere con pochi spicci; lì si era rifugiato il mitico protagonista di *Puerto Escondido* e in alcune spiagge si poteva dormire sull'amaca. Con somma disperazione dei nostri genitori e con grande entusiasmo da parte nostra, partimmo per la nostra avventura: zaino in spalla, sacco a pelo e tanta voglia di evadere. All'epoca pensavamo che viaggiare fosse un po' dimenticare. Partire per non tornare più, per rifarsi una vita da un'altra parte con la speranza di trovare in un altro paese quello che non si era riusciti a trovare nel proprio.

Matelda, in punto di morte ormai da una decina d'anni, aveva anche il terrore degli aerei.

Una miscela di Valium, Tavor e Lexotan le diede la forza di affrontare un volo di tredici ore. Luca e Rosa ci avrebbero raggiunte pochi giorni dopo. A pochi minuti dal decollo, Matelda svenne.

Io ne approfittai per mangiare anche la sua cena e quella del vicino, nauseato dai continui vuoti d'aria. Dopo qualche ora, l'innaturale silenzio dell'aereo venne rotto, anzi direi spezzato, dal grido di Matelda: – Precipitiaaaaamooo!

Hostess e steward corsero verso di noi, mentre io non riuscivo a togliermi di dosso un sorriso impresso con lo stampino, nel tentativo di darmi un contegno.

– Si calmi, – era la frase che sentivo dire più volte.

– Voi non me la date a bere, – gridava Matelda. – Lo so che sapete qualcosa. Stiamo precipitando ma non volete dirci niente!

Io, intanto, cercavo di sciogliere di nascosto una discreta quantità di pillole di Tavor nel suo bicchiere pieno di birra.

– Bevi Mati, su dài.

– No. Mi devo mantenere lucida. Così tengo sotto controllo la situazione.

– Ma signorina, per quale ragione pensa che l'aereo abbia dei problemi?

Nel frattempo ero riuscita a farle ingerire le pillole con la birra. Certo, forse avrebbe dovuto prenderle con l'acqua, ma non era il momento di andare per il sottile.

– Lo so perché vi ho visto lanciarvi sguardi complici. E poi perché ho sentito un rumore sordo, come di un carrello che si stava staccando. Siamo senza carrello, ora!

– Quale rumore, signorina?

– *Tac*, – disse Matelda, sicura di sé e con gli occhi chiusi.

Subito dopo perse i sensi.

In effetti la turbolenza arrivò, forte e violenta, ma Matelda non se ne accorse neanche perché riprese coscienza solo durante la manovra di atterraggio, ben tredici ore dopo.

La nostra prima tappa sarebbe stata Città del Messico e a seguire Puerto Escondido e il Chiapas.

Arrivammo in orario nella capitale messicana, ma non fu così per i nostri bagagli, che erano stati invece spediti, a quanto ci dissero, in Arabia Saudita. Li aspettammo per una settimana. Intanto, ci raggiunsero Luca e Rosa.

Quando fummo a Puerto Escondido, non stavamo nella pelle all'idea di incontrare Claudio Conti, personaggio di cui, dopo il film, si faceva un gran parlare.

Imprenditore coinvolto, suo malgrado, in faccende poco chiare, si era rifugiato in Messico diventando in breve tempo proprietario di molti alberghi. Ci chiedevamo solo perché, se tutti sapevano che lui viveva in quella cittadina, nessuno si fosse mai premurato di andarlo a riprendere.

Seguendo le indicazioni della Lonely Planet, indispensabile guida per tutti i viaggiatori, finimmo a dormire nella sua pensione.

Il mitico «fuggitivo» non era altro che un uomo di mezza età che aveva sposato una donna locale, messo su famiglia e svariati chili, e aperto un alberghetto sulla spiaggia nel cui ristorante proiettava in continuazione, con un videoregistratore all'avanguardia, il film di Salvatores. Era anche molto simpatico e chiacchierone. Un perfetto pierre.

Avremmo dovuto imparare da quell'esperienza che paga di più una vita dissoluta e recuperata all'estero, che una trascorsa nella legalità. Ma all'epoca eravamo troppo giovani.

Chiamavamo a casa, rigorosamente a carico del destinatario, ma erano telefonate troppo brevi per comprendere quello che dall'altra parte ci comunicavano con grande allarme. Il sistema adottato per gli spostamenti era lo stesso dell'interrail: viaggiare il più possibile di notte e visitare i posti di giorno. Era il modo migliore per riuscire a vedere molti luoghi in poco tempo.

Il Chiapas era la regione più lontana, e per arrivarci avremmo dovuto fare ben due viaggi notturni in pullman. Io non stavo bene di stomaco (forse per colpa dell'enorme quantità di cibo piccante che avevo ingurgitato) ed era difficile dormire tutte quelle ore seduti.

Le strade, poi, erano pericolose e piene di curve e Matelda non trovava pace. Gridava all'autista di andare piano e questo, forse per ripicca, accelerava. A onor del vero, Matelda non aveva tutti i torti. Correvano come pazzi su strade di montagna, spesso contromano, frenando all'improvviso e all'ultimo minuto davanti a un pericolo. Durante i nostri spostamenti avevamo più volte incrociato pullman ribaltati o in bilico sull'orlo di un precipizio, e Matelda era convinta che ci sarebbe toccata la stessa sorte.

La prima tratta notturna, con quelle premesse, fu un vero inferno. Matelda ci svegliava in continuazione per informarci dell'andamento del viaggio e della velocità di crociera del pullman, che tra l'altro, ogni quaranta minuti circa, si fermava senza alcun motivo apparente in mezzo al nulla per poi ripartire.

– Chiara.

– Mmm.

– Sei sveglia?

– No.

– Lo sai che salgono degli uomini nel portabagagli?

– Ma che stai dicendo?

– È vero!

– Dài, cerca di dormire…

Dopo pochi minuti:

– Chiara.

– Mmm.

– Ne sono saliti altri…

– Sì certo, e sono tutti qui sotto in mezzo ai nostri bagagli.

– Ti dico che è così. Il pullman si ferma, fa salire questi tizi e riparte. Poi, quando si ferma di nuovo, alcuni scendono e ne salgono altri…

– Poveretti, pensa quanto stanno scomodi.

E ancora:

– Chiara.

– Oddio, perché non lo racconti a Luca o a Rosa?

– Perché non li voglio disturbare. Stanno dormendo.

– E perché, io no, scusa?

– No, stai parlando con me!

– Dimmi.

– Stavolta erano in tanti... ho provato a contarli ma non ci sono riuscita. Non è che frugano nei nostri bagagli e mi rubano il Lexotan?

– Be', certo, sarebbe un problema...

Pochi chilometri prima di arrivare nella cittadina, il pullman si fermò e sotto gli occhi atterriti dei dieci turisti che erano con noi, lo sportello che dal pavimento portava al bagagliaio si sollevò e da lì iniziarono a uscire uomini con il volto coperto, che garbatamente e in fila indiana salutavano il conducente ringraziandolo e scendevano dal pullman, per scomparire, una frazione di secondo dopo, dalla vista di tutti, risucchiati dalla giungla che ci circondava.

– Matelda, avevi ragione... hai visto? Che paura... chi erano?

Ma Matelda dormiva profondamente. Non seppe mai di aver visto giusto.

La notte dopo ci rimettemmo in marcia. Non senza una serpeggiante inquietudine.

Il mio mal di pancia era peggiorato, nonostante mi fossi imbottita di antibiotici intestinali.

Ovviamente, quel pullman non aveva il bagno.

I crampi iniziarono nel cuore della notte.

Obbligai l'autista a fermarsi svariate volte: sudavo freddo e credevo di morire. Questa volta, però, eravamo consapevoli del fatto che all'interno del bagagliaio stessero accadendo cose misteriose. Lo stesso autista, alla mia ennesima richiesta di fermarci, diede in escandescenze e si rifiutò di assecondarmi.

– Per piacere... molto mal di pancia... molto dolore.

– No. Es imposible. Muy peligroso.

– Luca, digli qualcosa, sto malissimo... la faccio nel pullman!

– Mia amigas moltos mal de pancias…

– No no no. No fermate.

Iniziai a piangere. Non sapevo quanto avrei potuto resistere.

– Oddio, sto malissimo.

– E che possiamo fare? Questo non si ferma. Avrà paura perché sta trasportando quei tipi.

In effetti, avevamo incontrato numerosi posti di blocco militari che giorni prima non avevamo notato.

– Sto morendo…

– Ma dài… è solo un po'di cacarella.

– In effetti però è giallina in faccia. Sembri una con la cirrosi epatica.

– Grazie Matelda.

– Eh be'… Scusa è vero… mamma mia… non avrai mica qualcosa di contagioso?

– E come me lo sarei preso?

– Quando sei caduta l'altro giorno e ti sei sbucciata il ginocchio… chissà che c'era per terra… e io ho pure bevuto dal tuo bicchiere! Ecco, ora mi hai attaccato qualcosa di orrendo e…

– Luca, io la sto per fare… non resisto più!

– No no, che schifo! Desculpe señor…

Iniziai a gridare che dovevo scendere. A quel punto l'autista si fermò. Non so se lo fece per un improvviso moto di compassione nei miei confronti o piuttosto perché sentiva minacciata la sua tappezzeria, fatto sta che dopo l'ultimo grido inchiodò all'istante. Avevo crampi così forti che non riuscivo neanche a camminare.

Mi appoggiai a Luca, mentre Matelda borbottava di non so quale malattia avevo contratto.

– Siamo rovinati, siamo proprio rovinati. Abbiamo tutti bevuto dalla sua bottiglia…

– Luca, non ce la faccio neanche a scendere…

– Señorita por favor… – mi sollecitava l'autista.

– Come non ce la fai? Su, cammina.

– Mi esce… oddio, sto malissimo…

Sudavo freddo e piangevo. Non ce l'avrei fatta a scendere da quel pullman infernale.

Le scalette furono la parte più difficile. Appena riuscii a mettere i piedi a terra mi guardai intorno. Dio mio, ma dove eravamo? C'era solo giungla intorno a noi. Mica potevo farla lì così. Piegata in due e con le braccia a cingermi lo stomaco iniziai a girare su me stessa.

– Che fai, Chiara? Allontanati un po' da qui e falla, no? – mi esortava Luca indicando un punto vago, nel buio.

– Ma da sola? Non si vede niente… Dove vado? Ho paura…

– Señorita…

Il conducente iniziava a spazientirsi e Matelda continuava a borbottare.

– Dunque, da quando si è ammalata io l'ho toccata? Ho bevuto dalla sua bottiglia? Non mi ricordo proprio… ieri mi sembra di averla toccata… ma ancora non stava male… però poteva averla in incubazione.

Fu allora che un crampo lancinante mi diede il coraggio di allontanarmi.

Già dopo un paio di passi il pullman scomparve alla vista perché avvolto dalle tenebre.

Avevo una paura terribile, ma l'impellenza ebbe il sopravvento su tutto e continuai a camminare. A un tratto mi sembrò di scorgere una specie di recinzione. Accelerai il passo: quel posto poteva rappresentare la salvezza. Con le ultime forze che avevo in corpo mi avvicinai. La recinzione era di filo spinato per cui dovetti passare sotto. L'operazione richiese alcuni secondi che furono quasi fatali perché in quel preciso istante capii che non avevo più autonomia. Mi calai pantaloni e mutande e mi accucciai. Fui invasa da un senso di liberazione. Una frazione di secondo dopo, mentre pensavo alla situazione assurda in cui mi ero cacciata, un fascio di luci potentissimo mi avvolse, illuminando a giorno me e l'intera area circostante. Con le mutande alle caviglie e il sedere all'aria non ebbi il tempo di pensare, né tanto meno di rivestirmi. Ero circondata da una cinquantina di militari con i mitra puntati, che mi intimavano di alzare le mani. Così per lo meno credetti di capire. E io le alzai.

L'unica frase che mi venne fu: – Molto mal di pancia.

– Montezuma, – mi rispose un militare senza abbassare l'arma.

Quella sera imparai due cose.

Era scoppiata la guerra in Chiapas: quelli che salivano sul pullman erano guerriglieri zapatisti. E avevo contratto un'infezione intestinale chiamata la vendetta di Montezuma.

Comune cacarella.

Fu lì che Rosa conobbe il famoso rivoluzionario per cui perse la testa.

In India, anni dopo, ci capitò una cosa simile.

Avevamo organizzato il viaggio pensandolo identico a tutti gli altri.

Ci sbagliavamo.

Visitammo luoghi magici e malsani. La vita lì ha poca importanza e la morte si porta via tutto, all'improvviso. Io, Matelda e Rosa non avevamo la più pallida idea di quello a cui stavamo andando incontro. Dopo la prima settimana trascorsa a Nuova Delhi eravamo stanche e demotivate. Dov'era l'India dei fricchettoni, dei templi e dei film di Bollywood dai colori sgargianti? Partimmo alla volta di Agra. Ammirammo stupefatte il Taj Mahal, una delle cose più belle che abbia mai visto. È una tomba, costruita per amore, e sembra fatta di pizzi e merletti.

Il giorno seguente saremmo dovute partire per il Rajasthan. Matelda si svegliò con un terribile mal di stomaco. Si chiuse in bagno e non ne uscì più. Verso sera, io e Rosa tentammo di stanarla.

– Esci da lì.

– Non ce la faccio… non posso alzarmi dalla tazza… Che ho? Sto malissimo!

– Sarà stata l'aria condizionata! – cercavo di consolarla, ma la cosa non mi convinceva affatto. Decidemmo comunque di partire. Prima o poi Matelda avrebbe smesso.

Il viaggio fu un incubo. Iniziò a sentirsi male anche Rosa. Avevano la febbre altissima ed erano quasi disidratate. Io, stranamente, stavo benissimo. Il conducente del pullman ci accompagnò all'albergo del cugino di un suo cugino: in India funziona così.

Ci diedero una stanza e chiamarono un dottore, che era anche lui un cugino.

Io parlavo poco l'inglese, lui ancora meno. Non so voi, ma quando mi trovo a parlare una lingua che non conosco, grido.

Sembrava una conversazione tra due sordi.

– Cosa devo fare?

– Prendere le pillole, bere acqua e pregare. Anche tu.

– Ma io sto bene.

– Ora. Ma tra poco… zac.

– Come zac?

– Zac, – e faceva il gesto di tagliarsi la gola con la mano.

– Oddio…

Mi disse anche che dovevamo cambiare stanza e prenderne una con l'aria condizionata. Le mie amiche avevano la febbre troppo alta e rischiavano la meningite: questo lo capii bene. Poi indicò me e fece di nuovo il gesto di portarsi la mano alla gola: – Zac.

– Sì sì, ho capito. Zac.

Questo è matto, pensai. A Matelda e Rosa, che agonizzavano, non dissi niente.

– Che ha detto? Che ha detto? Che stiamo morendo, vero?

– Ma no, che dici, Matelda?

– Non mi sembri convinta… – ma le forze per fortuna l'abbandonarono e tacque.

Cercai il padrone dell'albergo per farci cambiare la stanza. Me ne mostrò una e mi spiegò il funzionamento del condizionatore.

Io lo ascoltavo. Di punto in bianco mi sentii avvampare. Tremavo come una foglia mentre l'indiano continuava a parlare. Non riuscivo a sentire più nulla. Le orecchie mi fischiavano, la pancia si contrasse violentemente e me la feci sotto.

Nel senso letterale del termine. Indossavo pantaloni larghi e l'unica cosa che riuscii a fare fu chinarmi e chiudere gli orli alle caviglie. Forse, in questo modo, non se ne sarebbe accorto. Ma la puzza, credetemi, la sentì, perché smise per un attimo di parlare. Poi riprese. Si sa, gli indiani sono molto educati.

Con le poche forze rimaste, gli dissi che la camera andava bene, poi mi trascinai dalle mie amiche, mi buttai sul letto, e lì rimasi per tutta la notte. Avevo quaranta di febbre. Matelda e Rosa mi chiamavano, mi chiedevano cosa fosse successo, ma io non riuscivo a rispondere. Il giorno seguente, non ricordo come, ci ritrovammo nella nuova stanza. I poveri indiani ci dovevano aver portato lì in qualche modo. Durante i cinque giorni che trascorremmo in quello stato, ognuna di noi credeva che le altre due fossero morte. Solo una mattina, credo fosse il terzo o quarto giorno, capii che eravamo tutte vive perché Rosa parlò: – Oddio Matelda.

– Mmm.

– La senti pure tu 'sta puzza?

– Sì…

– Mi sa che Chiara si è cacata di nuovo nelle mutande…

Ricordo che riuscii a sorridere e a pensare che in fondo, se stavo morendo, ero in compagnia delle mie più care amiche. L'unica cosa che proprio non mi perdonavo era che stavo morendo ancora vergine.

Quando tornammo in Italia, fummo ricoverate nel reparto di Malattie infettive e tropicali del Policlinico di Roma.

Matelda era convinta di avere contratto l'Aids perché a Nuova Delhi si era graffiata con un bastoncino di legno di dubbia natura. Io, invece, ero così contenta di avere ripreso ad andare in bagno regolarmente e senza intoppi che il resto aveva poca importanza. Rosa era l'unica a essersi rimessa quasi subito. Quando guarii, decisi che dovevo dare una svolta alla mia vita. Avevo rischiato di morire vergine e zitella e questo proprio non lo potevo accettare.

Le mutande ghepardate

Stavo crescendo, malgrado tutto, ed ero riuscita anche a finire gli esami. Eppure a ventisette anni la tanto desiderata «prima volta» per me non era ancora arrivata. Avevo trascorso anni a fantasticarci sopra. Gli scenari erano sempre diversi: in montagna davanti a un camino acceso, mentre fuori infuria la tempesta, sulla spiaggia, o durante un lungo weekend conquistato a fatica e grazie a un castello di bugie costruito ad hoc per sfuggire all'occhio attento del genitore apprensivo.

Ciò che non cambiava mai era la certezza che la prima volta andasse vissuta con il ragazzo giusto. Il grande amore, quello che avrebbe cambiato il corso della mia vita, colui che, anche da sposata e con un altro accanto, avrei ricordato per sempre.

È perché la mia generazione è stata funestata dalla favola di quella stronza di Cenerentola.

Cresci convinta che un bel giorno, nonostante il susseguirsi quasi snervante di delusioni sentimentali, si materializzerà alla tua porta il principe azzurro, pronto a salvarti, a riscattarti da tutti gli uomini che non ti hanno amata, dalle compagne di scuola che ti hanno deriso, da una famiglia che non ti ha mai capita, dalle scelte sbagliate e dal lavoro precario.

E tu aspetti. A Cenerentola è capitato, perché non dovrebbe capitare anche a te?

Ti hanno raccontato questa favola fino allo sfinimento, ti sei immaginata il vestito del ballo un milione di volte, hai sognato la rivincita, l'amore eterno, il «vissero per sempre felici e contenti». Quindi non demordi. Aspetti semplicemente il tuo turno.

Ti hanno ingannata. La storia della bellezza interiore è una delle più grandi bugie mai raccontate. Cenerentola, anche con indosso un sacco di iuta, era una gran fica. Più o meno come la favola del brutto anatroccolo che alla fine si trasforma in cigno, mica rimane anatroccolo. La bellezza interiore non la vede nessuno; d'altra parte è interiore, cioè sta dentro, quindi perché qualcuno dovrebbe desiderare ciò che non può vedere? Tutte le storie delle belle dentro, nel cinema come nella letteratura, sono una truffa. Non a caso, quando un regista deve scegliere una protagonista che interpreti il ruolo della brutta, la sua scelta ricade su un'attrice molto bella che poi viene sottoposta a estenuanti ore di trucco per trasformarsi in racchia. La stessa Cenerentola era bella soprattutto fuori, magari dentro era un'emerita idiota.

A ventisette anni presi coscienza di tutto questo e l'amara constatazione che il mio turno forse non sarebbe mai arrivato ebbe il sopravvento su ogni altro pensiero. Se avessi avuto una qualsiasi vocazione religiosa, la verginità sarebbe stata un valore. Non era così, purtroppo. Annaspavo. Trascorrevo giornate intere chiusa in biblioteca a raccogliere materiale per la tesi e la sera cercavo di fare mie alcune delle nuovissime tecnologie che in quel periodo stavano avanzando. Tra queste, Internet. Mi avevano detto che grazie a questo sistema era possibile comunicare con il mondo intero. Era una rivoluzione, bisognava solo venirne a capo.

Durante le lunghe ore trascorse al computer, prevalentemente a battere la tesi e a litigare con il sistema operativo, feci una grande scoperta: la chat. Oggi è il principale mezzo di comunicazione, ma allora non era così.

Ora si chiamano Messenger, Skype, Facebook, allora esisteva

ICQ. Riuscire a trovare una persona di cui avevo perso le tracce mi fece sentire abile come un hacker. La sera mi connettevo e comunicavo con sconosciuti in tempo reale. La paura per un po' mi fece ignorare inviti provenienti da sconosciuti, ma col passare dei giorni acquistavo sicurezza e la curiosità, protetta dall'anonimato, ebbe la meglio.

Iniziai a chattare con tutti, senza mai soffermarmi a riflettere su quello che stavo facendo. Avvertivo solo un gran senso di libertà.

Così conobbi Mauro. Non saprei dire cosa mi scattò in quel momento. Una rabbia sopita. Anni di repressione dovuti a un'educazione rigida. Desiderio di essere almeno per una volta una «cattiva ragazza». Un barlume di follia. Fatto sta che decisi di incontrarlo. In quel periodo mamma dormiva da mia nonna, per accudirla. Non ebbi un attimo di esitazione. Mi sarei portata dietro Adelina. Adelina è il mio cane. Un quintale di maremmano con un vuoto incolmabile in testa. Gli occhi più buoni e stupidi che un uomo possa incrociare. Ma avrebbe fatto la sua porca figura. Era pur sempre un maremmano.

L'appuntamento era fissato per le nove di sera a metà strada tra casa mia e casa sua, in una zona disabitata.

Iniziai a scuotere Adelina dal suo torpore. La spinsi con i piedi e con le mani. Non successe nulla. Innervosita le afferrai le zampe anteriori trascinandola per il soggiorno.

Ancora niente.

«Oddio, sarà mica morta?»

Russava come un trombone. Le misi il collare e iniziai a tirarla per le scale. Mi guardava con occhi umidi di sonno e cercava di opporre resistenza, ma alla fine fui io ad avere la meglio. Le spinsi il sedere in macchina e partii rombando.

Ero spinta da una forza oscura e incontrollabile. Adelina aveva ripreso a russare.

Giunta a destinazione, decisi che se Mauro fosse stato un losco individuo non sarei scesa dalla macchina e sarei tornata indietro subito. Da cosa sarei stata in grado di stabilirlo, questo proprio lo ignoravo. Vidi un ragazzo che si avvicinava alla macchina. Non so cosa mi aspettassi dall'incontro. Di certo non quello che accadde.

I guerrieri della notte era il mio punto di riferimento: diventare la donna del capobanda, cattivissimo ma in fondo anche gentiluomo, aggirarmi con lui per i bassifondi della metropoli, e poi «salvarlo», trasformandolo in un marito perfetto.

Ma quello che avevo davanti non era un guerriero della notte, era palesemente e irrimediabilmente un nerd: capelli rossi a caschetto, occhiali a fondo di bottiglia e una carnagione pallida, tendente al grigio.

Credo che Adelina non mi abbia ancora perdonata.

Andammo a cena. Dio, come mi annoiavo. D'altra parte era un ragazzo molto a modo, educato. Si stava laureando in Lettere ed era appena uscito da una storia lunga e dolorosa. Io ero stanca morta, ma lui non la finiva più di parlare e pensavo sarebbe stato sgarbato da parte mia tagliare la corda. Solo alla fine della conversazione capii di cosa stesse davvero parlando.

– Capisci, Chiara, io lo amo ancora…

– Come lo…

– Sei la prima persona a cui riesco a dirlo. Ma lo sai che ora mi sento meglio?

– Meno male…

Lo vidi alzarsi in piedi, allargare le braccia e iniziare a gridare: – IO AMO ANDREA.

Ma tutti Andrea si chiamavano questi fidanzati?

– Sì, be', certo, ma se prima non lo sapeva nessuno ora non vedo la ragione di urlarlo a tutti…

Non riuscii a farmi ascoltare, era incontenibile. Felice e incontenibile. Pochi minuti dopo era scomparso, avvolto dal buio della notte.

Mi aveva lasciato da sola e con il conto da pagare.

E io che sognavo di incontrare uno stupratore.

Strattonai il guinzaglio della povera Adelina, che si era di nuovo addormentata, e me ne tornai a casa ferita nell'orgoglio e privata della mia avventura notturna.

La sera stessa chiamai Francesco.

– Chiara, dovresti essere contenta per lui. Ha vissuto un momento importante. Senti, perché non passi da me? Sto dando una festicciola.

Ci misi due minuti a uscire e sette per arrivare da lui. Sono sempre stata bravissima a farmi desiderare. Eppure sentivo che la serata non poteva finire lì. Forse tutto quello che era successo aveva un senso, e quel senso mi stava portando da Francesco.

Arrivai raggiante. Mi aprì la porta un illustre sconosciuto, alto e rasato.

Oddio, il Teschio?

– Ciao, sono Chiara... Francesco?

– Piacere, Samuele. Francesco è di là in camera con una tipa...

– Ah, ma esce?

– Non credo proprio... vuoi da bere?

Mi attaccai direttamente alla bottiglia e quando finì ne presi un'altra. Non credo di avere mai bevuto tanto in tutta la mia vita.

Avevo di fronte un ragazzo che non conoscevo ed ero disperata.

La serata poteva andarmi peggio?

Iniziai a parlare a ruota libera.

Gli raccontai di me, dei miei problemi con gli uomini, della mia verginità, del dolore di non aver mai incontrato la persona giusta. Mi venne spontaneo, forse perché non lo conoscevo o perché pensavo che non lo avrei più rivisto. Forse avevo bevuto troppo.

Lui annuiva comprensivo. Sembrava una brava persona ed era decisamente più carino del teschio, anche se con qualcosa di sinistro. Stava cercando di terminare l'Università, senza riuscirci. Gli mancava l'ultimo esame per laurearsi in Ingegneria meccanica, che all'epoca non sapevo neanche cosa fosse. In verità anche adesso ho difficoltà a inquadrarla. Interveniva, di tanto in tanto, dandomi il suo parere. Era molto colpito dalla mia sensibilità e insisteva nel dirmi che mi sarei meritata un uomo altrettanto sensibile.

All'alba ci salutammo, dandoci appuntamento per la sera successiva. Francesco non lo incontrai neanche.

Tutto il giorno cercai di convincermi che, anche se Samuele non era quello che avevo sempre desiderato, mi sarei dovuta accontentare. In fondo era un bravo ragazzo.

Nel pomeriggio arrivò la telefonata e l'invito a cena, a casa sua. Io tergiversai. Non me la sentivo proprio, ma Luca e Matelda mi rimproverarono aspramente e lui non si arrendeva. Mi continuò a chiamare anche i giorni successivi. Ero commossa per tanta devozione. Tanto commossa che alla fine capitolai.

Mi presentai al mio meglio. Ma non fu sufficiente.

– Vedi Chiara, – iniziò Samuele, preludio a un lungo discorso, – tu sei come una farfalla.

– In che senso?

– Delicata, preziosa.

– Grazie.

– E quindi non posso ferirti. È evidente che sei innamorata e questa storia non può andare avanti. È meglio se ci lasciamo.

Immaginerete il mio stupore nel constatare di essere stata fidanzata e, nell'istante stesso in cui ne venivo a conoscenza, lasciata.

– Ma Samuele…

– No, Chiara. Inutile insistere o piangere. La mia decisione è presa.

– Ma io non sto piangendo, – cercai di dire.

– Meno male, sei un fiore così delicato.

– Non ero una farfalla?

– Si chiama metafora, Chiara... – rispose Samuele, serissimo.

– Be', comunque io non sono innamorata di te e non credevo neanche di aver iniziato una relazione... io...

– Chiara, non cercare di fare la donna forte, quando sei l'opposto. Io ho capito tutto, sai? Sei come un origami che...

– Samuele! Come facciamo a lasciarci se neanche sapevo... non trovo le parole per farti capire che... oh insomma, me ne vado.

– Vai, vai. Lo capisco. Sei sconvolta.

– Ci rinuncio. Sai dove trovarmi, se mi vuoi.

– Non ti cercherò... per non farti soffrire.

Un po' origami, un po' farfalla, me ne tornai a casa basita.

C'era qualcosa che mi sfuggiva. Ma cosa?

Chiamai Matelda.

– Mbe'? Non sei contenta?

– E perché scusa?

– Potrai dire di essere stata con un uomo per ventiquattro ore.

– Ma se neanche me ne sono accorta!

– E che ti importa? Ciò che conta è che se ne sia accorto lui!

La sua logica schiacciante mi lasciò per un attimo senza parole. Ma non aver saputo del fidanzamento lampo mi aveva privato della gioia del vissuto. Mi era stata negata la possibilità di vivere una storia d'amore. Non lo trovavo giusto.

Iniziai ad arrovellarmi. Avevo sbagliato di sicuro qualcosa. Dovevo venirne a capo.

Dopo un paio di giorni lo richiamai.

Ottenni, a fatica, un altro appuntamento. Sempre a cena e sempre a casa sua.

Cercai invano di leggere tra le righe dei suoi discorsi, di fargli capire come ero in realtà e cosa provavo: niente da fare. La serata procedeva in modo sconclusionato. Sarei tornata a casa senza una risposta.

Il paradosso era al suo apice. Io, che mi ero nutrita di film d'amore, che ero cresciuta nella speranza di poter incontrare l'uomo della mia vita, l'unico in grado di vedere la mia bellezza interiore, mi trovavo nel salotto di uno sconosciuto, che addirittura mi definiva un origami, e cercavo di convincerlo a non vedermi come quella che ero, cioè romantica e insicura, bensì come una donna di mondo.

Era la commedia dell'assurdo.

Mentre facevo tutte queste considerazioni devo essermi distratta per qualche minuto perché a un tratto mi ritrovai sul letto, con le gambe all'aria e Samuele mezzo nudo sopra di me.

Ma quando si era spogliato? E quelle cos'erano? Mutande di ghepardo? Oddio, mi stava togliendo i jeans. Ma io non riuscivo a staccare gli occhi da quelle sgargianti mutande. Stava succedendo, finalmente. Non ero al mare o in montagna e quello non era il principe azzurro, ma stava succedendo e se lo avessi impedito non me lo sarei mai perdonato.

Decisi di concentrarmi sulle mutande ghepardate.

Poi però un pensiero mi attraversò fulmineo la mente: mi ero depilata?

Niente. Non riuscivo a rimanere seria. Come era successo che dal «non ti voglio far soffrire» ci fossimo ritrovati lui con addosso solo mutande di ghepardo e io distesa a quattro di bastoni sul letto?

Quattro ore dopo non era ancora finita e io non ce la facevo più. Il ghepardo giaceva accanto a me. Nell'ordine mi aveva: legata maldestramente, sussurrato parole oscene all'orecchio, schiaffeggiato (in realtà erano buffetti) e tirato i capelli. Ero una donna distrutta.

La mattina, barcollando, riuscii a tornare a casa. Nel pomeriggio organizzai una conferenza stampa a casa mia. Non ero più vergine e l'evento andava festeggiato con i miei amici. I dettagli fecero rabbrividire i più scaltri ed emancipati.

– Mutande ghepardate!? – si allarmava Matelda.

– Non mutande, Mati, ma perizoma!

– Che schifo! E tu?

– Io avevo paura di non essermi depilata…

– Be', tanto… tra ghepardi… – commentò Luca.

– Infatti, è quello che ho pensato anch'io!

– Ma era peloso? – continuava.

– Luca!

– Che ho detto? Sono curioso…

– Ma non lo so! Chi l'ha guardato? Ero così agitata…

– Io lo avrei studiato per bene, quando ti ricapita, scusa?

– Be', grazie della fiducia!

– Abbi pazienza, ma spero che la prossima volta non sia con uno che indossa un perizoma ghepardato!

– Ah! Quindi parlavi del perizoma?

– E di cosa se no?

Tirai un sospiro di sollievo. – Non lo so se era peloso…

– Peccato, la prossima volta facci caso… a Matisse sarebbe piaciuto tantissimo.

Ci misi una settimana a riprendere le forze.

Con Samuele ci vedemmo ancora, per un po'. Finché una sera, dopo l'ennesima sessione acrobatica, litigammo in modo furibondo.

– Sai Chiara, sei una donna molto superficiale.

– Come?

– Be', scusa. Ti ho detto che non ero innamorato e tu ti sei concessa ugualmente e con leggerezza. Sei promiscua con i tuoi amici e…

– Ma che dici?

– Mi hai detto che racconti quello che facciamo.. . per non parlare poi di quella volta che vi siete visti un film porno!

– Ma avevamo vent'anni... era per scherzare.

– Poi senti... anche nel sesso sei... leggera.

– Come fai a dire una cosa del genere? Lo sai che ero vergine prima di fare l'amore con te!

– Si, ma sei venuta a letto con me lo stesso e senza battere ciglio. Le ragazze che frequento io queste cose non le fanno.

– Samuele, sbaglio o mi stai dando della mignotta? E poi, scusa, non sei tu che porti mutande ghepardate e mi sussurri frasi oscene?

– Be', tu le ascolti però!

Quella fu l'ultima cosa che riuscii a sentire.

Avevo ancora una volta sbagliato tutto.

– Luca, che disastro che ho combinato!

– Dovevi fare come ti avevo suggerito. Distaccata ma affascinante, misteriosa e irraggiungibile. Insomma, dovevi fargli credere che ti saresti concessa, ma con i tuoi tempi e alle tue condizioni.

– Ma io ho fatto proprio come mi hai detto tu.

– Sì, ma avresti dovuto farlo per almeno un paio di mesi, non nell'arco di una serata!

– Ah, non avevo capito.

– Ragazzi, guardiamo il lato positivo, – propose Michele.

– Perché, ce n'è uno? – chiese Matelda.

– Certo. D'ora in poi non dirà più che morirà vergine e zitella, ma solo zitella.

– Non mi ci far pensare, magari ha preso anche qualche orrenda malattia. Chiara, hai bevuto tu in questo bicchiere?

– Ma smettila, Matelda! Sono avvilita. Pensavo fosse una persona carina, pensavo mi avesse capita. Non solo sono andata a letto con la persona sbagliata, ma...

– Vado a comprare le sigarette, – mi interruppe Michele, e uscì.

E dal momento che il tabaccaio di zona era chiuso, non lo vedemmo tornare più.

– Quindi che dovrei fare secondo voi?

– Cercare di essere meno Chiara e più gatta morta. Farti desiderare. Scappare e non inseguire, – provò a suggerirmi Luca di nuovo.

– Già, ma se scappo e nessuno mi insegue?

– E tu continua a correre, – concluse Chiara.

Mi ha detto Francesco che Samuele ora si è sposato ed è padre di famiglia. Avrei potuto essere io sua moglie, se non avessi sbagliato tattica. Ma a che prezzo?

Una domanda continua a perseguitarmi. Porterà ancora quelle mutande?

Meglio piangere in una Rolls-Royce che in una Cinquecento

«Meglio piangere in una Rolls-Royce che in una Cinquecento» è una frase che tempo fa mi disse una cara e saggia amica parlando di uomini. Intendeva dire che dal momento che nelle storie d'amore si finisce sempre e comunque per piangere, sarebbe stato meglio farlo in un'automobile di lusso anziché in una di seconda mano. Ebbene, nel mio caso non sono mai arrivata oltre la Cinquecento, purtroppo. E sono stanca di vedere film come *Il diario di Bridget Jones*, che non assomigliano neanche lontanamente alla realtà di tutti i giorni. E ve lo dimostro subito.

Prima di tutto, come già vi ho accennato, l'attrice è molto graziosa. Viene fatta ingrassare di venti chili per le riprese del film ma non ho dubbi sul fatto che dopo, grazie al suo personal trainer, sia riuscita a tornare in forma smagliante. Nel *Diario di Bridget Jones* la protagonista è grassottella, fuma come una turca e mangia e beve come un camionista. E fin qui non mi sento di dissentire, la capisco.

Ciò che a me manca è il personal trainer.

Vorrei inoltre sottolineare che alla fine la povera Bridget si ritrova a dover scegliere tra due uomini, entrambi innamorati di lei, entrambi affascinanti, ricchi e anche divertenti. Questo perché loro sono riusciti a vedere la bellezza interiore di Bridget, che tanto interiore guarda caso non è.

Ma non basta. La protagonista, dopo aver sedotto i due pretendenti, si licenzia dal lavoro che tanto la frustrava (si vede che non ha mai vissuto in Italia) e in un paio di giorni ne trova un altro in un'emittente televisiva, riuscendo a riscuotere anche un discreto successo (probabilmente lì non hanno i CO.CO.CO., i CO.CO.PRO. e così via). Ma la parte più esilarante, quella che ha rimesso in discussione tutta la mia vita, è la scena di sesso con Hugh Grant.

Inutile affannarsi alla ricerca di tanga accattivanti e minimalisti, spendere tutto lo stipendio per vestiti che mettano in risalto i pregi e nascondano i difetti, iscriversi in palestra per frequentare corsi dai nomi impronunciabili e spesso spaventosi in mezzo a ragazzine di quindici anni vestite come donne vissute o a quarantenni abbigliate come ragazzine, perché anche indossando mutande ascellari uomini come Hugh Grant non potranno resistervi.

Ecco perché mi arrabbio quando mi paragonano a Bridget Jones. Io non sono ingrassata venti chili per interpretare una parte, mi è venuto naturale, né ho mai incontrato due uomini che riuscissero ad apprezzare le mie famose qualità interiori, che a questo punto dubito anche di avere.

A lei, quindi, è andata decisamente meglio. E tra l'altro, se non ricordo male, finisce proprio per piangere in una macchina di lusso, anche se non era proprio una Rolls-Royce.

Mai essere pretenziose

Dopo essermi finalmente laureata, non vedevo l'ora di raggiungere l'indipendenza lavorativa. Mandavo curricula dappertutto. Non avevo le idee chiare. E chi le ha con una laurea in Lettere? Le risposte erano sempre le stesse. Non ero qualificata per quella posizione ma avrebbero tenuto in considerazione il mio C.V. per il futuro.

Solo dopo mesi mi arrivò una richiesta di colloquio preliminare da una società di call center, all'epoca considerata la nuova frontiera lavorativa di noi poveri laureati in Lettere.

Ce n'erano di tutti i tipi e per tutti i gusti. Call center di società telefoniche, assicurative e pubblicitarie. Mi presentai puntualissima e scoprii che insieme a me c'erano altre settanta persone che dovevano sostenere il colloquio. Settanta? Non ce l'avrei mai fatta.

Ci riunirono tutti in una stanza, intorno a un tavolo enorme e ci fecero rispondere a quiz psicoattitudinali. Scoppiai a ridere non appena lessi la prima domanda e fui immediatamente ripresa.

– Scusi, – dissi mortificata. Poi mi girai verso la ragazza accanto a me, molto carina, e continuai a bassa voce: – Ma che senso ha rispondere a queste domande?

– Non lo so. Sono tanto depressa.

– Ci credo. Senti questa: se un cliente ti fa innervosire cosa fai? A: sorridi amabilmente e cerchi di risolvergli il problema. B: lo prendi a parolacce e gli attacchi il telefono in faccia. C: ti metti a piangere. Secondo te, scusa, uno dove la mette la croce?

– Sulla C. Io mi metterei a piangere.

Le domande erano più di un centinaio e tutte dello stesso tenore. Mi stavo divertendo da matti.

Durante il lunch time, come lo avevano chiamato loro, andai a pranzo con Cecilia, la depressa. Più la osservavo più mi innervosivo. Se la natura mi avesse dotato di una figura come la sua, la mia vita avrebbe avuto un corso diverso. Altro che in piedi al gioco della sedia: me l'avrebbero lanciata, pur di farmi sedere! Somigliava a una cerbiattina: bionda, occhi azzurri, carnagione bianca come il latte, alta, magra e con una terza (come minimo) di reggiseno.

Nel pomeriggio ci fecero il colloquio orale. La signora che mi stava di fronte aveva le mie risposte in mano e parlava come se mi conoscesse meglio di mia madre.

– Essendo lei una persona molto aggressiva...

– Ma, veramente...

– Nasconde la sua aggressività sotto una parvenza di insicurezza che invece non le appartiene.

Oddio, sono un serial killer.

– Molto sicura di sé e con un ego smisurato. Questo potrebbe essere un problema. È un problema? – mi chiese all'improvviso come se si fosse accorta in quel momento di avere una persona di fronte.

– Assolutamente no, – risposi. Non avevo capito niente ma sentivo che dovevo rispondere in quel modo.

– Ottimo. Cosa si vedrebbe meglio a fare, telefonate inbound o outbound?

E ora che dovevo rispondere? In che lingua stava parlando?

– Inbound, – sentenziai. Mi piaceva di più la parola.

– Come immaginavo, – e così dicendo mi elargì un grande sorriso.

All'uscita incontrai Cecilia.

– Come è andata? – le chiesi.

– Purtroppo bene…

– Dài che prima o poi ci incrociamo con i turni.

– Mi sbatteranno fuori il primo giorno!

– Vedrai che andrà bene.

Ecco come iniziò la mia carriera lavorativa.

Compresi solo dopo che avevo fatto la scelta giusta. L'operatore inbound doveva rispondere alle chiamate dei clienti, mentre quello outbound chiamava a casa, disturbando, per proporre offerte commerciali. Mi sarei sparata, piuttosto.

Avrei guadagnato ben cinquemila lire l'ora (quando ci fu il passaggio all'euro, le cinquemila lire si trasformarono, sotto gli occhi impotenti della maggior parte di noi, in due euro e cinquanta. Fu allora che decisi di cambiare lavoro). Si lavorava su turni che stabiliva di settimana in settimana il nostro responsabile. Mi dissero anche che l'ambiente era giovane e che lasciavano lavorare i ragazzi in modo autonomo. Non mi dovevo preoccupare per lo stipendio perché, più ore riuscivo a fare, maggiore sarebbe stato il guadagno. C'erano mesi in cui arrivavo anche a duecento ore (cinquanta a settimana) e poi, diciamoci la verità, mi divertivo parecchio. Eravamo tutti ragazzi giovani e della stessa età, e ci lasciavano organizzare il lavoro. Ognuno aveva i propri compiti e le proprie responsabilità. Ho imparato. Anzi, a pensarci bene, è stato il lavoro da cui ho avuto maggiori soddisfazioni. La signora con cui avevo fatto il colloquio ci aveva visto giusto. Ero una personalità aggressiva. Non sopportavo la stupidità della gente che chiamava e non facevo niente per nasconderlo. Il più delle volte li ricoprivo di insulti. Era un lavoro meraviglioso. Non avrei mai avuto bisogno di uno psicologo. Certo, se avessi continuato a farlo mi avrebbero rinchiusa da qualche parte, ma per fortuna smisi appena in tempo.

Le ragazze erano tutte simpatiche e si era instaurata quella solidarietà (mai più ritrovata in altri ambienti) tipica di coloro che si trovano tutti insieme in una condizione di vassallaggio.

Era famoso, tra le colleghe, un certo Riccardo, passato alla storia della società per essersi portato a letto quasi tutte le donne che ci lavoravano. Erano trascorsi mesi da quando avevo iniziato a lavorare lì ma non avevo ancora avuto modo di incontrarlo. Riccardo lavorava part-time e soprattutto di sera. Finalmente rimase scoperto un turno serale e mi chiesero di coprirlo.

Quel giorno lui non arrivò. Era malato.

Però ritrovai Cecilia, depressa, bella e desiderosa di attenzioni. Una vera gatta morta, insomma. Ma io lo capii troppo tardi.

Cecilia era l'unica, a sentir lei, che non era rimasta colpita da questo Riccardo.

– Che esagerate!

– Ma mi hanno riferito cose straordinarie!

– Guarda, non è niente di che. Credo si sia creato il mito intorno a lui perché è l'unico uomo che lavora in mezzo a tutte 'ste donne.

– Dici?

– Ma sì... è l'unica spiegazione. Tra l'altro è un emerito cretino. Un vacuo...

– Be', come tutti gli uomini. Ma magari lui se lo può permettere...

– Macché. Io non riuscirei mai a stare con uno come lui. Non trovi che una ragazza per stare con un uomo debba trovarlo intrigante, seducente? I ragazzi che ho avuto mi piacevano per la loro intelligenza.

– Sì sì, hai ragione... ma con questa penuria io non andrei tanto per il sottile. Parli bene tu che sei bellissima, ma qui è una tragedia!

– Secondo me dovresti puntare più in alto. Mi sembri una ragazza intelligente, ironica, spiritosa. Ti meriti di meglio.

– Grazie, ma sono solo le donne a pensarlo.

Così, tra una chiacchiera e l'altra, diventammo amiche, molto amiche.

E fortuna volle che il responsabile dei turni serali, trovandomi efficientissima, chiedesse e ottenesse di avermi durante quelle ore.

Mi divertivo come una matta, anche se il lavoro era massacrante.

Controllavo sempre il foglio degli orari perché la curiosità di incontrare Riccardo non mi era di certo passata e un bel giorno, finalmente, lessi che la sera successiva sarebbe stato di turno con me. In effetti, l'impatto fu spiazzante. Considerarlo solo bello lo sminuiva. Era simpaticissimo e passammo le giornate a ridere e scherzare. Se il mio studio sulle gatte morte fosse stato a buon punto (per la verità, all'epoca, non era neanche cominciato), mi sarei subito resa conto che il mio atteggiamento cameratesco non avrebbe portato a nulla.

A ogni modo, in quella occasione, cercai di dare ciò che ritenevo il meglio di me: spontaneità, allegria, schiettezza e molta autoironia. Le serate inconcludenti al chiaro di luna o nella sala comune degli ostelli durante gli interrail non mi avevano insegnato proprio niente. Una vera gatta morta sarebbe rimasta inorridita.

Capitammo insieme altre volte finché una sera, in chiusura, lui mi disse che aveva due biglietti per il teatro. Mi stava invitando!

Chiamai Cecilia, che manifestò tutto il suo disgusto.

– Ma come fai. Che gli racconti a uno così.

– Ma Ceci… non mi era mai capitata una cosa simile.

– Chiara, secondo me a fine serata ti renderai conto di cosa intendo. Abbiamo fatto un sacco di ore insieme e non sono mai riuscita a scambiarci due parole. Insisto. Meriti di meglio.

– Oddio… meglio di così proprio non credo.

Comunque sia, dopo un intero pomeriggio trascorso a casa con i miei amici a scegliere l'abbigliamento adatto per l'occasione, andammo a teatro. Io ero vestita da prima alla Scala, Riccardo era in tuta. Ma non ci fu tempo di commentare la cosa perché appena ci sedemmo lui si addormentò. Io invece trovai la commedia molto divertente.

Dopo quella serata, seguirono una serie di telefonate ambigue, che non sapevo proprio interpretare e lì me la giocai malissimo, se di partita si può parlare. Ero troppo esplicita e scanzonata. Non mi sentivo all'altezza e come spesso accadeva non ero in grado di controllare la mia emotività e le mie insicurezze.

Una ragazza normale e sicura di sé avrebbe saputo come comportarsi, ma io non ero quella ragazza e così decisi di invitarlo a cena a casa mia. Praticamente un suicidio. Ho sempre avuto questo tipo di inclinazioni. Me ne resi conto un secondo dopo averlo invitato, ma era già troppo tardi. Crollai. Lì sarei stata scoperta, sarebbero apparsi chiari ed evidenti tutti i miei complessi, mascherati a stento fino ad allora. Non potevo affrontare la cena, per lo meno non da sola.

Scongiurai Cecilia di venire da me.

– Ma dài, Chiara, ti pare.

– Ti prego Ceci.

– Poi lo sai che io non guido mai la sera.

– Ti vengo a prendere io e ti riporto a casa.

– Ma è assurdo.

– Lo so, ma non ce la faccio. Ho bisogno ancora di un po' di tempo.

– Quanto sei esagerata. Per uno come Riccardo, poi. Tu sei matta.

Alla fine la convinsi. Dissi a Riccardo che sarebbe venuta anche Cecilia perché si era lasciata con il suo ultimo ragazzo ed era depressa. Che poi in effetti non era proprio una bugia. Cecilia era sempre in crisi e triste per la scarsa considerazione che aveva di sé (già, perché *lei* non si vedeva bella: nella vita è veramente tutto relativo).

Quando Riccardo arrivò mi resi immediatamente conto che anche in quella circostanza ero fuori luogo. Potevo andare bene per la notte degli Oscar, non certo per una cena a casa mia. Cecilia, invece, nonostante indossasse un semplice paio di jeans e una camicia, era comunque, come sempre, bellissima.

La cena procedeva normalmente. Io parlavo in continuazione, Riccardo rideva, Cecilia taceva languida, come tutte le donne dovrebbero fare per essere un po' misteriose. Una gatta morta non è comica, è seducente.

Per me, comunque, stava andando tutto a gonfie vele.

D'improvviso, come spesso mi capita quando sono agitata, fui colta da un attacco di colite feroce e costretta a fuggire in bagno, dove rimasi per circa quaranta minuti. Stavo malissimo.

Riemersi dal bagno provata, nel fisico e nello spirito. Quando entrai nel salone ci misi un po' a focalizzare la scena: il buio mi impediva di vedere bene. Era forse andata via la luce? Cecilia era sdraiata sul divano, il mio divano, e Riccardo era sopra di lei. La passione, scoppiata in quei dannati quaranta minuti che io avevo trascorso in bagno tra atroci dolori, non li fece accorgere della mia presenza.

Rassegnata, andai in stanza e chiamai Matelda.

– Ma dài! Non ci posso credere!

– Te lo giuro Mati, sono di là che si rotolano…

– E tu?

– Che devo fare?

– Sgomma a casa!

– Ma sono già a casa.

– Ah be', in questo caso allora vatti a fare un giro, comprati un gelato…

– Ma devo passare in mezzo a loro!

– Tanto… manco se ne accorgono.

– Quasi quasi schiaccio un pisolino.

– Brava, fai così… ottimizza.

In effetti riuscii anche ad addormentarmi. Mi svegliarono loro. Erano le quattro del mattino.

– Chiara, scusa… – mi disse Cecilia. – Che imbarazzo.

– Vabbe' Ceci, – continuò Riccardo, – se è successo è successo. Poi, Chiara capisce. È un'amica. Giusto?

– Mi hai letto nel pensiero!

– Io vado a casa, è tardissimo.

– Accompagni tu allora Cecilia?

– Lo farei volentieri ma sono venuto in moto e ho solo un casco.

– Ottimo.

E fu così che in piena notte riportai anche Cecilia a casa.

Le gatte morte non guidano di sera, io sì.

In macchina, Cecilia era diventata di colpo loquace.

– Ora come faccio con Riccardo? Che gli dico?

– In che senso?

– Come mi pongo con lui, in generale?

– Non ti capisco…

– Chiara, sono disperata. Secondo te mi ama?

– Oddio, amarti proprio, non saprei. Lo sai meglio di me come è fatto. Ha un sacco di donne e…

– Veramente?

– Ma Ceci! Mi sembri scema. Non eri tu a dirmi tutte le volte…

– Non mi dire così, io sto male!

– Allora io che dovrei dire?

– Sì, hai ragione, scusa.

– Mi sento una merda. Già penso di non valere un granché come donna… ci mancava anche questa, ora.

– Chiara, il fatto è che tu dovresti essere meno pretenziosa. Madonna, sono pazza di lui… quindi dici che non mi ama?

– Come, meno pretenziosa? Non eri tu quella che mi diceva che meritavo di meglio?

– Che c'entra. Tu ora non capisci il mio dramma.

– No, infatti. Sinceramente proprio no.

Verso casa, da sola, pensai come sempre che qualcosa non tornava.

Ero così presa dai miei pensieri da non accorgermi che, mentre parcheggiavo la macchina, un'altra si era fermata dietro di me, tagliandomi la strada. Con la coda dell'occhio vidi tre uomini avvicinarsi. Non feci in tempo a percepire il pericolo che mi ritrovai circondata. Uno aveva spalancato lo sportello, l'altro frugava con le mani tra i miei vestiti alla ricerca, credo, di cose di valore, e gridava frasi sconnesse. Il terzo lo avevo perso di vista. Mi accorsi, qualche secondo dopo, che il più impegnato nella rapina mi stava minacciando con una siringa. Pensai che fosse la fine. Mi figuravo scenari catastrofici che si sovrapponevano alle immagini di Cecilia e Riccardo avvinghiati sul divano del salone. Ero così avvilita da non essere neppure spaventata.

– Dove tieni i soldi?

– Non ho una lira...

– Gioielli?

– Mai avuti.

– Non dire stronzate!

– Se vi dicessi che vita faccio? Non ho un lavoro decente, non ho un uomo! E non capisco perché.

– Questa è pazza.

Poi un pensiero mi attraversò la mente, fulmineo: – Vi prego, non mi violentate...

Lo sguardo che ricevetti in cambio non lo dimenticherò mai. Stupore? Sgomento? Shock? Paura?

– Violentarti? – disse uno dei tre, il più coraggioso, quello con la siringa. – Ma no, che violentarti. Dacci i soldi e ce ne andiamo.

Ci rimasi quasi male. Arrossii anche. Manco fossi stata una damigella di fronte alle avances del principe. Poi, d'un tratto, mi esplose una rabbia violenta.

Ma insomma, ero io la vittima, che diamine!

– Vi ho detto che non ho niente! E se neanche mi volete violentare, levate le tende e fatemi passare!

– Ma vaffanculo! – rispose quello con la siringa.

Fece un passo indietro e io ne approfittai per afferrare lo sportello e chiuderlo velocemente. Ora li guardavo da dentro con rabbia. Le lacrime iniziarono a scendermi copiose. Non era paura, ma oltraggio per la violenza non subita.

Mi trascinai a casa e chiamai Luca.

– Capisci? Quelli non ci pensavano proprio a violentarmi. In fondo non erano mica male. Certo, forse un po' troppo tossici per i miei gusti, ma di questi tempi non si può pretendere...

– Si vede che erano dei buongustai...

– ...

– O forse sei tu che sei troppo pretenziosa. Tossici o no, erano pur sempre uomini!

– Già. È la seconda volta in una giornata che mi sento dare della pretenziosa. Ci rifletterò sopra. Mi accompagni al commissariato?

– Okay.

E trascorremmo il resto della notte a guardare foto segnaletiche. Ricordo che alcuni erano anche bei ragazzi. Ovviamente, non trovai i colpevoli. Cecilia, dopo mesi di vicissitudini, smisi di sentirla (ma solo perché lei sosteneva che io non la capivo). Non so che fine abbia fatto. Credo stia ancora piangendo per Riccardo. Io, invece, resto sempre e comunque la migliore amica che ha avuto.

Una cosa però l'ho imparata da tutta questa vicenda. Non bisogna mai essere troppo pretenziose.

È più facile essere uccisi da un terrorista che capire gli uomini

A fine agosto 2001, Matelda, Rosa e io decidemmo di andare a New York.

Erano anni che sognavo di fare questo viaggio. Nella Grande Mela si era trasferito Francesco, per cercare di fare carriera come modello di biancheria intima.

Di certo lo faceva per potersi permettere una vita da artista.

Io avevo rotto il tabù della verginità, tanto odiata da Francesco, ed ero pronta ad affrontare la vita adulta, Rosa stava inseguendo il suo grande amore, quello del movimento studentesco perso in Chiapas. Aveva saputo da un lontano zio, uno zapatista, che il suddetto si era trasferito in America per organizzare una grande rivoluzione. Matelda voleva semplicemente vedere New York.

In chat mi ero messa d'accordo con Francesco per incontrarci il giorno stesso del nostro arrivo. Avevamo anche trovato una pensione vicinissima al suo alloggio, nel Queens.

Lui sembrava contento del mio arrivo e io ero convinta che presto avrei coronato il mio sogno d'amore.

L'incontro non avrebbe potuto essere più romantico.

Mentre Matelda diceva qualcosa a proposito del Tavor che non era più quello di una volta, io e Francesco corremmo l'uno verso l'altra e ci abbracciammo a lungo.

Aspettavo con ansia che arrivasse la sera. Credevo avremmo fatto l'amore, finalmente. Per anni avevo cercato di reprimere (e avete visto con quali risultati) i miei sentimenti nei suoi confronti, il mio desiderio, e lui aveva fatto altrettanto, o per lo meno così mi aveva confessato pochi giorni prima che noi tre volassimo a New York.

Ma quella notte non fu come me la aspettavo.

Dopo cena Matelda e Rosa erano stanche e insistettero per tornare in albergo. Io guardavo Francesco con sguardo languido sperando in un invito da lui. E Francesco capitolò, invitandomi a salire. Ogni gradino era per me un passo verso il paradiso.

All'inizio tutto sembrava procedere per il verso giusto. Eravamo sul divano, abbracciati.

Poi iniziò a toccarmi.

– Ti desidero da così tanto tempo... – mi sussurrò.

– Davvero?

– Perché me lo chiedi? Non mi credi?

– Ma no, è che...

– Sei la solita ragazzina bisognosa di certezze.

– Sì, è vero, ma in questo caso era una domanda retorica.

– Sempre con questi paroloni...

– Avresti semplicemente potuto rispondere «sì, ti desidero».

– Non te lo avevo appena detto?

– E quindi?

– Mi sono persa...

– Io invece mi sono innervosito.

Ecco, per farla breve continuammo questa brillante discussione per quasi tutta la notte.

Qualsiasi cosa dicessi lui puntualmente la criticava e quando gli facevo notare che si era contraddetto ribaltava il discorso, tanto che alla fine io stessa non riuscivo più a capire di cosa parlassimo. Per principio, e contro ogni logica, non era d'accordo con me su niente. A quel punto nessuno dei due aveva più voglia di fare l'amore e anche questo generò parecchi malintesi su chi in effetti non ne avesse più voglia.

Ero stremata e non ci capivo più nulla. Chi aveva detto cosa?

Mi addormentai poco prima che suonasse la sveglia.

La mattina seguente avevo tanto sonno ed ero confusa e la nottata in bianco rendeva tutto ancora più nebuloso. Raggiunsi Matelda e Rosa in albergo e scoppiai a piangere. Secondo Rosa, Francesco non mi era mai davvero piaciuto. Lo inseguivo da una vita perché in fondo sapevo che non si sarebbe mai fatto prendere.

– E quindi? – le chiesi.

– Ah non lo so. Però la frase era bella.

La sera Francesco ci portò in una galleria d'arte a Manhattan dove alcuni suoi amici artisti davano una festa. Lo osservavo muoversi tra la gente, parlare, e mi convincevo sempre più che lo amavo. Al ritorno, in metro, Matelda e io ci addormentammo.

Il vagone ebbe un sussulto e aprimmo gli occhi quasi contemporaneamente.

Oddio, avevo le allucinazioni. Li richiusi all'istante. Quello che avevo appena visto non poteva essere vero.

– Chiara, – mi chiamò Matelda.

– Sto dormendo, – le risposi senza aprire gli occhi.

– Ah, meno male! Meglio non sapere.

Li spalancai.

Rosa e Francesco erano avvinghiati in maniera indecorosa, per giunta contorcendosi in pose complicate a beneficio nostro e dei quattro punk presenti.

Matelda e io non parlammo più e i miei occhi a quel punto rimasero spalancati fino all'arrivo. Ora che ci penso, credo di non aver sbattuto le ciglia neanche una volta. Forse temevo di perdermi qualche fotogramma. Per fortuna lo sferragliare delle rotaie si sovrapponeva a quello dei loro baci.

I giorni successivi furono un incubo. Rosa e Francesco erano una coppia. Mi sembrava di essere tornata indietro di dieci anni, quando al liceo li vedevo baciarsi nei corridoi della scuola. Camminavano abbracciati e mano nella mano lungo la Fifth Avenue sotto i nostri occhi atterriti. Ancora una volta mi era sfuggito un passaggio.

– Ma tu sei proprio sicura di quello che è successo tra voi l'altra notte? – mi domandava Matelda nel vano tentativo di trovare una giustificazione a quello che aveva fatto Rosa.

– In che senso?

– Cioè, ci ha provato o no? Con te non si è mai sicuri di niente.

– Ma eravamo nudi…

– Ah be', allora questa è una certezza. Stiamo freschi! E ora? Che si fa?

– Non lo so…

– Io mi butto sull'alcol.

– E tu che c'entri?

– Sono io che vi devo sopportare!

– Già. Allora ti accompagno.

Poi, qualche giorno dopo, alla vigilia della partenza per Roma, quando ormai mi ero quasi fatta una ragione di quanto successo e avevo speso tutti i miei dollari per sostenere l'alcolismo di Matelda, le cose precipitarono.

Eravamo a pranzo a casa di Francesco. In cucina mi prese da parte e mi confessò di aver fatto un grave errore.

– Che tipo di errore? Non capisco.

– A me piaci tu, non Rosa.

– Bel modo di dimostrarmelo!

– Chiara, non mi fare di nuovo incazzare. È colpa tua se ora sono in questa situazione.

Volevo rispondergli. Dio solo sa quanto avrei voluto dirgli

quello che davvero pensavo, ma aveva ammesso che gli piacevo. Riuscivo a pensare solo a quello.

Quando Rosa ci raggiunse, era troppo tardi per tornare indietro. Ce l'avevamo scritto in faccia che qualcosa di fondamentale era appena successo.

Discutemmo per tutto il pomeriggio. Le raccontai del breve scambio di battute con Francesco e della mia decisione di non ripartire con loro il giorno successivo. Volevo rimanere a New York perché le cose che Francesco mi aveva appena detto avevano cambiato la mia vita.

Successe l'irreparabile. In un crescendo di parole mai dette e pensieri mai confessati eravamo arrivate quasi alla rottura. Lei si sentiva tradita. Non aveva preso in considerazione il fatto che anche io potessi sentirmi allo stesso modo. E per ben due volte. Comunque, avevo preso la mia decisione: non sarei partita con loro.

Rosa andò via sbattendo la porta. Disse che sarebbe andata alla ricerca del suo uomo, di cui stranamente in quei giorni si era dimenticata. Francesco, imperturbabile, ci accompagnò a visitare le Torri Gemelle. Matelda si rifiutò di salire: claustrofobia e vertigini insieme erano troppe da sopportare nonostante l'aiuto del Tavor.

Di fronte a quella vista mozzafiato ebbi il coraggio di parlare.

– Domani non parto più. Non torno a Roma con loro.

– E perché?

– Be', ma come perché? Mi hai detto che ti piaccio…

– E quindi? Mi piace anche Rosa, ma questo non vuol dire che deve rimanere.

– Ma come. Io credevo ci fosse qualcosa di speciale tra noi…

– Mai dare le cose per scontate.

– Cioè? Che significa questa frase? Allora, già che c'eri, potevi provarci anche con Matelda.

– Perché, pensi che non ci abbia pensato? Mica è male Matelda, il problema è che non c'è tempo, domani partite... altrimenti...

In quel momento tutto mi fu di colpo chiaro: Francesco era un coglione e io avevo perso Rosa.

Il giorno dopo, le stesse torri dove neanche dodici ore prima avevo avuto la duplice illuminazione crollarono, e il mondo cambiò.

Nessuno mi toglie dalla testa che tra i terroristi ci fosse il ragazzo di Rosa.

Vado a vivere da sola e imparo la meccanica.
Alla psicologia maschile ci rinuncio

Lavori e altre catastrofi

Tornata da New York, decisi che era giunto il momento di trovarmi un lavoro dignitoso. Con Rosa andava sempre peggio. Cercavamo di salvare il salvabile senza ammettere che forse il casino successo con Francesco era stato solo un pretesto per allontanarci. Comunque, grazie a lei ottenni un colloquio come redattrice in una rivista specializzata in politica e tematiche sociali. Anche Rosa lavorava lì, ma non riuscii mai a capire cosa facesse davvero.

Il colloquio fu molto divertente e mi presero con entusiasmo.

– Siamo un'azienda piena di giovani e in mano ai giovani, – mi spiegò il caporedattore. – Ci piace il lavoro di squadra, crediamo nel team e amiamo il *low profile*, avendo sempre presente il *problem solving* e un pizzico di competitività che non guasta mai.

Non avevo capito niente. Mi sembrava, anzi, che alcuni termini fossero in contraddizione l'uno con l'altro, ma non volli indagare. Dovevo tenere un profilo basso, ma essere competitiva.

Ce la potevo fare.

Erano tutti orgogliosi di essere di sinistra. Tra loro si chiamavano ancora «compagni», salvo poi farsi le scarpe a vicenda e girare con l'autista. La maggior parte di loro era priva di qualsiasi professionalità, aveva case bellissime in centro comprate dai genitori, come Rosa d'altra parte, e camerieri filippini pronti a scattare anche solo per preparare la colazione o andare a fare la spesa. Non ho mai capito perché vestissero di stracci. Io al posto loro mi sarei comprata un guardaroba di Armani.

Le mie colleghe di stanza, poi, erano le peggiori. Pantaloni a coste anni Settanta e maglioni bucati. Non avevano mai una lira ed ero sempre io quella che alla fine pagava il caffè. Ma la cosa che proprio non riuscivo a digerire era il loro modo di fare. Parevano uscite da un cartone animato. Una sembrava Minnie. Camminava con passetti veloci, saltellava, aveva il tono di voce di una bambina di cinque anni, prima però di essere posseduta dal demonio, e metteva i diminutivi alla fine di ogni frase: «Abbiamo un problemino» o «Prendi la matitina». Io ero diventata «Chiaretta».

L'altra sembrava più Clarabella. Era la paladina dei giusti contro gli ingiusti e dava a ciascuno soprannomi non richiesti.

Comunque tutti si dovevano volere un gran bene e io ero contenta di lavorare in un'azienda come quella.

I primi sei mesi trascorsero senza intoppi anche se avevo addosso una strana e inspiegabile sensazione di disagio. Finivo veloce il mio articolo e mi guardavo intorno sconsolata. Sapevo che dovevo rimanere seduta al mio posto come le altre, ma era più forte di me. Spesso mi alzavo, andavo a prendere un caffè alla macchinetta. Incontravo qualcuno e facevo quattro chiacchiere, poi tornavo a sedermi.

Più volte mi avevano suggerito di non andare così spesso in bagno, perché «lui», il capo dei capi, se ne sarebbe potuto accorgere. La stessa Rosa mi guardava con rimprovero incrociandomi nei corridoi. Pian piano smise addirittura di rivolgermi la parola. La nostra amicizia finì così. Per un terribile problema di incontinenza.

«Prima di alzarti non dovresti finire quello che hai da fare, Chiaretta?» mi diceva Clarabella.

«Ma io ho finito...»

«Non può essere. Hai controllato benino benino? L'articolo non può mica uscire con gli errorini», mi incalzava Minnie.

«Sì... benino benino», rispondevo disarmata.

Poi successe di tutto.

C'era da scrivere un pezzo sul nuovo quartiere alla moda alla periferia di Roma, con locali notturni per aperitivi alla newyorchese. Nessuno voleva andare a dare un'occhiata. Si trattava di una cosa troppo frivola per essere di utilità sociale. Io lo trovavo molto divertente, invece, e mi proposi spontaneamente: mi sembrava anche una buona occasione per cambiare aria. Il clima della mia stanza si era fatto asfittico e il pensiero di non sentirmi chiamare Chiaretta per un paio di giorni fece la differenza.

Quando tornai in ufficio, però, ad accogliermi trovai volti cupi, sguardi bassi che evitavano di incrociare il mio, bisbigli spezzettati. Mi avevano tolto il saluto.

Al principio cercai di capire.

– Sei cattiva! – mi diceva Clarabella, la paladina dei giusti.

– Come hai potuto? – la spalleggiava Minnie con la sua voce da bambina di cinque anni ormai preda del demonio.

– Ma che ho fatto di così terribile?

– Se non lo sai tu...

– Ma che risposta è, scusate?

– Quella che ti meriti!

Fu tutto quello che riuscii a ottenere.

Una settimana dopo, mi convocò nel suo ufficio il grande capo, quello che sei mesi prima aveva parlato di giochi di squadra e *problem solving*.

– Tu capisci, – mi spiegava garbatamente.

– A dire il vero, no.

– Questo è un team, non posso permettermi di avere una persona che non collabora, che rompe gli schemi...

– Ma in che senso non collaboro? Mi sembra di essere sempre stata pronta alla collaborazione.

– Appunto.

– Scusi?

– Ti prendi troppe libertà. Le ragazze mi hanno detto che ti alzi in continuazione. Qui si lavora, non è mica un parco giochi.

– Be', ma se finisco di scrivere...

– Tu hai scavalcato chi è arrivato prima di te.

– Oddio, e in che modo?

– Ti sei offerta di fare una cosa che non era di tua competenza. Dovevi restare al tuo posto.

– Ma mi ci avete mandato voi... nessuno aveva voglia di scrivere quell'articolo...

– Non sei qui per mettere in discussione quello che ormai è deciso.

– E cioè?

– Che sei licenziata. Questo, Chiara, è un team, e...

– Oh ma vaffanculo!

Mi pentii quasi subito della sparata, ma ormai era troppo tardi.

Non riuscivo a capire cosa avessi fatto di così terribile.

Forse, anche in questo caso, era stata colpa della pipì.

Ancora oggi, ogni volta che vado in bagno, ho paura di ritrovare colleghi accigliati e capi scontenti. Comunque, di fronte al mio inaspettato improperio, il grande capo, sempre incazzoso e verbalmente violento, rimase basito. Io ne approfittai per sgattaiolare fuori dal suo ufficio, andare a prendere le mie cose e, senza salutare nessuno né essere salutata, andarmene.

Rispedita a casa, dovetti fare di nuovo i conti con la disoccupazione.

Matelda e Luca mi dicevano che ero stata un'incosciente. Io, invece, avrei voluto che Rosa mi affrontasse. Il silenzio da parte sua era stato peggiore di qualsiasi cosa avessi combinato. Si era comportata come le altre colleghe dell'ufficio. Da lei mi sarei aspettata di meglio.

Per fortuna la mia condizione di disoccupata non durò a lungo perché poche settimane dopo mi telefonò una rivista di cinema e serie TV a cui avevo inviato il curriculum. I miei ex colleghi ne sarebbero rimasti inorriditi. Mi fecero subito un contratto a progetto. Il giorno stesso.

– Questa è una rivista giovane. Qui si lavora seriamente. Io credo nell'indipendenza del singolo individuo. Ognuno qui ha la propria personalità e il diritto di esprimerla. Come mai è andata via dal lavoro precedente?

– Credo di avere pestato i piedi a qualcuno, ma giuro che se l'ho fatto è stato inconsapevolmente.

– Ma ha fatto bene. Se una persona lavora meglio di un'altra non vedo perché non farsi notare. Quelli sono comunisti, non le capiscono certe cose. Infatti il mondo sta andando in rovina.

– Parole sante, – risposi.

Che vergogna. In meno di un minuto avevo rinnegato me stessa e i miei principi. Ma avevo un lavoro!

Il mio compito consisteva nello scrivere articoli sui nuovi telefilm e sugli attori che li interpretavano. In pratica era una rivista di gossip.

Mi resi subito conto che l'azienda era composta da bizzarre figure professionali di incerta provenienza, fatta eccezione per il commerciale e la caporedattrice, la mia responsabile, le cui provenienze erano certissime. Erano le nipoti del boss e quindi intoccabili.

– Se sarebbe così gentile da mandarmi una mail con la foto dell'attore che avevo chiesto, sarei contenta, – sentivo dire al telefono da Floriana, la mia capa. Mi si accapponava la pelle.

– A Chia', hai sentito 'sto stronzo? Fa finta de non capi' che 'sta foto me serve subito. Ma con me non je la fa.

– Eh no... non la spunta.

– Famme vede' l'articolo che hai scritto. Scusa sa', ma sei nova e te lo devo da corregge'.

Con il groppo in gola, le facevo leggere il pezzo. Durante l'anno in cui lavorai per loro, vidi avvicendarsi quasi un centinaio di persone. Venivano assunte e licenziate anche il giorno stesso.

Le motivazioni erano le più varie, ma fondamentalmente la discriminante era essere o meno nelle grazie di Floriana e Moana, nell'ordine la caporedattrice e il commerciale. Erano un duo indissolubile. Per un brevissimo periodo mi ritrovai tra gli eletti. La mia adattabilità fu di aiuto. Poi, a essere sincera, non mi trovavo male. Floriana mi ispirava grande simpatia e anche oggi, a distanza di anni, mi piacerebbe sapere che fine ha fatto.

Di colpo, tutto cambiò.

Bisognava fare un servizio sulla serie televisiva che in quel periodo andava per la maggiore: *E.R. Medici in prima linea.* Vi lascio immaginare la mia reazione.

Trovandomi in quel periodo in una posizione privilegiata, Floriana decise di portarmi con sé alla cena di gala organizzata in onore degli attori.

– Nun me fa sfigura', capito?

– Ce la metterò tutta, te lo giuro.

Non dimenticherò mai come si presentò quella sera. Aveva indossato il suo abito migliore. Una tuta in pizzo rosso con scarpe nere dal tacco vertiginoso.

– Entra tu per prima. Sei il capo… – le dissi balbettando.

– Brava. Hai capito tutto, – e fece il suo ingresso nell'albergo più chic di Roma con passo sicuro e a testa alta. In fondo l'ammiravo.

La cena era a buffet, ma ognuno di noi aveva i posti assegnati al tavolo. Noi eravamo capitate con un gruppo di americani.

Ancora oggi mi domando che cosa, nel mio comportamento di quella sera, potesse aver scatenato l'ira furibonda del capo. Dovevo aver fatto qualcosa di inaccettabile. Certo, ho assalito l'attore che impersonava il dottor Carter (ci sono le foto che lo provano). Ma l'avrebbe fatto chiunque. Era lì, in fila, davanti al buffet, elegantissimo.

– Dottor Carter! – gridai tra lo sgomento dei presenti. E mi precipitai ad abbracciarlo.

Quando tornai al tavolo percepii sul volto di Floriana una smorfia di rabbia, che ignorai. Lei era sempre arrabbiata per qualcosa. Subito dopo iniziò a civettare con un americano gigante che le sedeva di fronte.

– Do you want the kitchen?

– Sorry?

– The kitchen... is very good.

– Ah, no, thanks.

Ma Floriana insisteva.

– What I am doing? In the life? – gli chiese languida, con la testa appoggiata al braccio e con voce seducente.

Oddio.

– I don't know, – rispose stupito il pover'uomo.

– Ma che è scemo? – mi domandò cambiando tono di voce. – Non sa che cazzo fa nella vita questo?

Non le risposi neanche e cercai di salvare il salvabile iniziando un'improbabile conversazione in inglese per toglierla dall'imbarazzo e la serata si concluse nel migliore dei modi, almeno così credetti.

Il giorno seguente il grande capo, quella con cui avevo fatto il colloquio, mi convocò nel suo ufficio e mi ricoprì di insulti. Disse che avevo cercato di oscurare Floriana facendo bella mostra del mio inglese (se Floriana lo avesse parlato si sarebbe resa conto quanto fosse in errore). Ero stata sempre al centro dell'attenzione, confinando lei al ruolo di segretaria. Concluse il discorso con un «non vali nulla» e mi relegò al livello più basso in cui un lavoratore può essere messo, isolandomi da tutti. All'epoca non ci pensai, ma tutto questo aveva un nome: mobbing.

Non nominò mai il dottor Carter, ma ho sempre avuto la sensazione che fosse tutta colpa sua. Ancora oggi, quando mi capita di guardare le vecchie puntate di *ER*, mi prende allo stomaco uno strano senso di angoscia.

– A Chia'… ma che cazzo stai a fa'? – mi apostrofava Floriana, imbeccata dal capo.

– Lavoro.

– A me me pare che noi ce stamo a fa' un culo così, – e con le mani mimava un culo, – mentre te te stai a gratta' la patata… – e il gesto era inequivocabile.

Il mio declino era in atto.

Dopo più di due mesi, una mattina mi chiamò di nuovo il capo.

– Non sai fare un cazzo!

– Come?

– Che te metto a fa'? Le fotocopie… solo quelle sei in grado di fare!

– Ma veramente io sono laureata e…

– Che vorresti dire? Che noi siamo delle stupide perché non lo siamo? Guarda che te non sai fare niente, non vali niente. Mi ha detto Floriana che manco sai scrivere una mail… Ti tolgo tutto quello che stai facendo. Se ti continuo a far lavorare sei capace di rovinarmi tutti i rapporti. Guarda che hai combinato a quella cena. Ci hai pure provato col produttore della serie TV. Noi siamo una società seria, che ti credi?

– Ma come ci ho provato? Ho solo cercato di fare conversazione e…

– Sei presuntuosa e manco te lo puoi permettere perché non vali niente, capito? Devi ringraziare che ti ho raccattato dalla strada!

– Veramente io una casa ce l'ho...

– Cretina!

– Io a questo punto me ne vado!

– Ma dove vai? Chi ti prende?

– Mi licenzio!

Ormai piangevo a dirotto e iniziavo a pensare che forse avevano ragione loro: non ero capace di fare niente. Per ben due volte ero stata licenziata e in entrambi i casi non ne avevo capito le ragioni. Be', sì, qui era colpa del dottor Carter.

– Ti licenzi? – chiese lei stupita, ma con una voce calda e umana.

Oddio. Era bipolare? Perché all'improvviso quel tono suadente?

– Ma cara... lo potevi dire subito, – continuò. – Chiamo la commercialista.

No, la sua non era bipolarità, ma sollievo per un mobbing ben riuscito. Firmai la lettera di dimissioni e me ne tornai a casa sconsolata. Ero di nuovo senza un lavoro e senza un uomo. Poteva forse andarmi peggio?

Qualche giorno dopo, mentre ero sconfortata di fronte al mio computer a mandare curricula, ricevetti una telefonata.

– Moscardelli?

– Sì, sono io.

– Lei ha mandato qui un curriculum.

– Sì.

A dire il vero, ne avevo mandati ottocento. Non avevo la più pallida idea di chi mi stesse parlando.

– Bene. Le andrebbe di vederci per una chiacchierata?

– Certo!

– L'aspetto allora. Sabato nel tardo pomeriggio. Le va bene?

Cercai di rimanere sul vago: – Dove devo venire?

– Qui, in ufficio.

– Ah, certo...

Che dovevo fare?

– L'indirizzo? – chiesi con un filo di voce.

La persona che era al telefono rimase un attimo in silenzio. Poi scoppiò a ridere, si presentò e mi disse dove andare. Era il proprietario di una piccola casa di distribuzione cinematografica. Io non ero per niente rassicurata. Se ne sentivano di tutti i colori. E se mi fossi ritrovata in un film porno?

Decisi di trascinare all'appuntamento Matelda e Chiara che rimasero fuori sedute sulle scale ad aspettare. Nel peggiore dei casi avrei coinvolto anche loro. In fondo erano le mie migliori amiche.

Il colloquio durò più di due ore. Non avevo mai conosciuto un uomo così. Il suo entusiasmo era contagioso. Mi ritrovai a esultare per la descrizione di un progetto da realizzare insieme, ma di cui non avevo capito niente. Ero affascinata e terrorizzata allo stesso tempo. Mi guardai intorno. Lui sedeva su una specie di pedana rialzata, davanti a una scrivania enorme e massiccia, ricoperta di fogli di carta e pile di libri. Io ero più in basso rispetto a lui. Sulle pareti erano appesi articoli di giornale incorniciati e sue foto scattate in tutte le parti del mondo con attori e registi, o almeno così pensai, dal momento che non ne riconobbi neanche uno.

Intanto continuava a parlare.

– Vede Moscardelli, quello dell'ufficio stampa è un lavoro splendido, stimolante. Avrà a che fare con giornalisti e attori. Questa è una piccola casa di distribuzione ma ci stiamo espandendo. Io sono sempre in giro e lei dovrà venire con me. Moscardelli, io compro dei film della madonna. Abbiamo bisogno di una persona come lei per promuoverli.

– Ah, ecco. Ma io non so fare l'ufficio stampa, per la verità non so neanche cosa sia.

– Meglio! Le dico io che lei è adattissima. Quando può iniziare? Lunedì?

– Ma…

– Benissimo. A lunedì allora. L'aspetto alle nove.

Non mi sembrava di avere accettato, eppure mi ritrovai a essere un'addetta stampa. Quando mi accompagnò alla porta si accorse di Matelda e Chiara che ormai giacevano inermi davanti alla porta.

– E queste chi sono?

– E…

– Amiche sue, Moscardelli?

– Sì, mi hanno accompagnato…

– Le sue guardie del corpo, eh?

– No, è che…

– E perché non le ha fatte entrare? Il colloquio è andato bene! La Moscardelli è una bomba, come ufficio stampa!

Non riuscii a interagire perché era già scomparso dietro la porta. Tornando a casa raccontai com'era andata.

– Ma quindi tu che dovrai fare? – mi chiedeva Matelda.

– E che ne so?

– Splendido.

Quello che avrei dovuto fare lo capii quando mi presentai il lunedì successivo, non senza la solita ansia da prestazione. Il mio compito consisteva nel fare in modo che ogni film che lui comprava e distribuiva fosse recensito sulle pagine di quotidiani, settimanali e mensili del settore e non. E il problema era proprio questo: lui era convinto che bisognasse far conoscere in Italia film di nicchia, ucraini, uzbechi, moldavi, polacchi, a sentir lui bellissimi ma che, appunto, non comprendeva nessuno. Tra le mie varie mansioni, c'era anche quella di accompagnarlo ai festival e alle proiezioni. Era convinto che sarei stata all'altezza della situazione. Non ho mai capito da cosa lo avesse dedotto. A me, in quel momento, veniva solo da piangere.

Fatto sta che quell'incontro cambiò il corso della mia vita. Iniziai a lavorare per una persona straordinaria e si aprirono per me immense possibilità. Viaggiai in tutta Europa. Mi portò anche a New York, per un festival molto importante, dove temetti di nuovo per il mio alluce: l'aria condizionata all'interno dell'albergo era a una temperatura così bassa che perfino i cigni di ghiaccio sui tavoli dopo quattro ore non si erano sciolti. Ora che ci penso non sgocciolavano neanche.

Un capitolo della mia vita era davvero finito e se ne stava aprendo un altro, completamente diverso.

L'indipendenza

Leggo ovunque che *Sex and the City* rappresenta al meglio la generazione di donne trentenni e single dei nostri tempi.

Ma chi scrive questi articoli ha mai un rimorso di coscienza? Voglio dire, forse la vita delle trentenni newyorchesi sarà anche tutta aperitivi, scopate e orgasmi, o piena di case editrici dirette da uomini affascinanti che non hanno altro da fare se non eccitarsi di fronte alle mutande ascellari delle proprie dipendenti. Ma in Italia, dico, in Italia qualcuno ha mai davvero visto donne di trent'anni vivere in case più grandi di venti metri quadri, avere un lavoro soddisfacente e ben pagato, e preoccuparsi soltanto dei chili di troppo o dell'ultimo uomo con cui miracolosamente sono riuscite ad andare a letto?

Ricapitoliamo, perché ne faccio una questione di principio.

In *Sex and the City* le protagoniste sono belle, intelligenti, in carriera, alla moda. Sempre griffate e *à la page*, vivono in appartamenti costosissimi arredati in stile giapponese, escono tutte le sere per andare a cena in ristoranti dal prezzo inaccessibile o in sushi bar arredati da architetti gay. Ora, il telefilm avrà anche «rivoluzionato» il modo in cui l'universo maschile guarda alla sessualità femminile, lasciando il pubblico basito di fronte al fatto che quattro amiche possano ritrovarsi a parlare di «dimensioni», «punto g» (pare esista, lo hanno anche fotografato, ma è un privilegio concesso dalla nascita solo a poche: chissà se anche chi è nata podalica ne è in possesso?) e «orgasmi» (la mia conoscenza di questa parola è solo etimologica). Ma se l'universo maschile riteneva che la masturbazione o gli apprezzamenti sull'aspetto fisico dell'altro sesso fossero di suo esclusivo appannaggio, non è un problema mio.

Quello che vorrei sottoporre alla vostra attenzione è il contesto in cui si muovono le ragazze del telefilm. Credete sia possibile per una donna di trent'anni che vive da sola riuscire a comprare un paio di scarpe Manolo Blahnik o una borsa Balenciaga? Non so cosa pensiate voi in proposito, ma già quando compro una borsa di plastica al mercato e in saldo, la notte io non dormo serena.

Uno solo degli accessori indossati dalle protagoniste vale tutto il mio stipendio e dopo una serata trascorsa al sushi bar spero di essere salvata dal batterio del pesce crudo. Una bella settimana in ospedale potrebbe compensare la cena e riequilibrare il budget mensile.

Il mio improbabile arredamento Ikea, poi, tra l'orientale, il moderno e l'africano, con i mobili in misto plastica montati da me (spesso anche al contrario, nonostante le dettagliate istruzioni), non è esattamente il corrispettivo di quello in stile giapponese delle protagoniste.

Insomma, spero non me ne vorrete se la ricerca della mia indipendenza ha dato risultati di gran lunga diversi da quelli delle protagoniste di *Sex and the City.*

Comunque, a trentatré anni ero convinta di avere abbondantemente superato l'età per vivere con mia madre. Sentivo il bisogno di costruirmi la mia vita, da sola. Era passata (non senza lasciare traccia) l'epoca dello scontro generazionale, quello in cui i genitori sono responsabili di tutto ciò che accade. Era arrivato il momento di gestire il mio stipendio e di lavarmi i panni da sola, nel senso letterale del termine. Ancora oggi, mi pento di quella scelta. Non essendo Bridget Jones, né tanto meno una delle protagoniste di *Sex and the City*, l'unico modo per andare a vivere in una casa degna di questo nome era trasferirsi a un'ottantina di chilometri da Roma o, in alternativa, prendere una stanza in un appartamento da dividere con altre persone.

All'inizio optai per questa soluzione. Sostenni diversi colloqui psicoattitudinali con le mie future inquiline perché loro potessero stabilire la mia idoneità alla convivenza. La cosa più difficile da digerire erano i turni per le pulizie della casa e gli orari ristretti in cui si poteva usufruire del bagno. In sostanza avrei trascorso la maggior parte del tempo con lo straccio in mano e senza potermi lavare.

Sarei diventata una moderna Cenerentola. Senza zucca e principe, però.

Matelda mi accompagnava sempre a questi incontri.

– Ciao. Iniziamo subito: noi amiamo essere dirette.

– Gran bella cosa.

– Di che segno sei?

– Bilancia, perché?

– Mhm, non so.

– No, come non sai, sono Bilancia.

– È che qui non abbiamo mai avuto una della Bilancia, capisci? Andava bene un Sagittario, un Leone... ma Bilancia proprio no.

– Matelda è Sagittario ed essendo la mia migliore amica...

– Ma che stai a di'? Io sono Gemelli!

La ragazza che mi stava facendo il colloquio sembrava oltraggiata: – Non sono cose su cui si può scherzare, o prenderle così alla leggera!

Poi sembrò rifletterci per un attimo, fece due profondi sospiri, chiuse gli occhi e quando li riaprì parlò di nuovo: – Comunque lo risolveremo. Per il resto, poche regole ma chiare.

– Fantastico.

– Siamo in cinque con un bagno solo quindi non è che se una arriva a casa può decidere di farsi la doccia così...

– Ah no?

– Eh no, cara. Lo scaldabagno si accende solo la mattina dalle sei alle sette e trenta e si fanno i turni per chi entra prima in bagno. Poi si continua a rotazione. Geniale, non trovi?

– Ma io per esempio farei più volentieri la doccia la sera, dopo che ho lavorato tutto il giorno...

– Dici sul serio? Incredibile. Mai sentita una cosa simile. Be', ci aspettiamo che tu riveda le tue abitudini se vieni a stare con noi.

– Ma la sera sono stanca morta, e dopo una giornata di lavoro ho bisogno di lavarmi...

– Bella mia, è un problema tuo!

Decisi che sarei andata a vivere da sola. Meglio affrontare sacrifici maggiori, piuttosto che sopportare convivenze che avrebbero condotto a uno sterminio di massa.

Lavoravo dodici ore al giorno, guadagnavo mille euro al mese e avevo trentatré anni. Mi sentivo in diritto di godere della mia libertà. Apericene con *finger food*, sano shopping e, cosa più importante, un appartamento tutto per me dove organizzare serate con gli amici o invitare un uomo a trascorrere la notte senza dover rendere conto a nessuno.

Matelda ripeteva che non ce l'avrei mai fatta e che soprattutto non avevo un uomo da invitare. Io la liquidavo dicendole che quella era una sottigliezza. Alla fine la caccia all'appartamento ebbe inizio. E purtroppo non è ancora finita.

Credo che solo in Italia accadano certe cose. Box auto trasformati in appartamenti da ristrutturare, cantine senza riscaldamento, garage, soppalchi con lo spazio appena sufficiente ad appoggiare una brandina singola, mini appartamenti costruiti sui terrazzi condominiali con effetto serra incorporato. Non c'era spazio per letti matrimoniali. Le notti infuocate avrebbero dovuto aspettare, e molto, a meno di non voler usare il terrazzo condominiale o la cantina, cosa che purtroppo non feci. Chissà perché, ma all'epoca non mi venne in mente.

Una mattina lessi un annuncio per un monolocale a viale Parioli di ben ventotto metri quadrati a solo settecento euro al mese. L'entusiasmo non mi fece riflettere sul fatto che me ne sarebbero rimasti solo trecento per tutto il resto.

– Matelda l'ho trovato!

– Ti accompagno, non mi fido di te.

Presi appuntamento durante la pausa pranzo e mi raggiunse Matelda.

Il tizio dell'agenzia mi aspettava con le chiavi in mano davanti al portone.

Guardai il palazzo. Era elegante, signorile e io non stavo nella pelle.

– Mati, non è male!

– Mi sembra molto strano.

Entrammo e iniziammo a scendere. Una rampa, due rampe, tre rampe. Pensai agli inferi.

– Io non ce la faccio più, soffoco!

– Dài Matelda, mamma mia, ora arriviamo. Mi scusi…

– Sì?

– Ma manca molto? La mia amica soffre di claustrofobia e…

– No, no, guardi, siamo arrivati.

– Io non vedo niente!

– Sì, è che qui la luce è condominiale. Se la spengono da sopra non c'è modo di riaccenderla. Comunque non si preoccupi. Se decide di prenderla parlerò con l'amministratore. Guardi, l'appartamento è delizioso. Tutto ristrutturato, sa?

Non ebbi modo di rispondere perché inciampai e caddi.

– Attenta!

– Io non respiro più…

– Non le dia retta, – dissi rialzandomi.

– Si è fatta male?

– No no, non si preoccupi.

– Eccoci!

– Io non vedo nulla… neanche la porta.

– Ora che entriamo accendo la luce dell'appartamento.

Improvvisamente i nostri occhi ripresero a vedere. Misi a fuoco due piastre elettriche, un divano (letto?) e un tavolino.

– Ma… le finestre?

– Finestre! – l'agente mi guardò come se avessi appena pronunciato la più grande bestemmia nella storia del genere umano.

– Sì, le finestre.

– Ma scusi, come fanno a esserci le finestre? Non vede che è una cantina?

Quell'uomo era incazzato. Ma la cosa più incredibile era che per tutto il tempo aveva continuato a chiamarlo appartamento.

– Non si arrabbi però… chiedevo così, tanto per chiedere.

– Io devo andare via da qui! – gridava Matelda. – Ma come si fa a vivere in un posto senza finestre?

– Ha ragione la mia amica, scusi. Come la mettiamo per esempio con i cattivi odori?

– Se c'è puzza apre la porta di casa e arieggia!

– Non ci avevo pensato.

– Quindi? La prende? Guardi che è un affare. Settecento euro al mese, di questi tempi…

– Sì sì, mi rendo conto. Mi lasci solo un po' di tempo per pensare. Intanto non potremmo iniziare a risalire? Sa, la mia amica, la claustrofobia…

Alla fine andai comunque a vivere in un sottoscala, da cui sono scappata mesi dopo, ma a onor del vero quello le finestre le aveva. Unico neo, mancavano i termosifoni. Ma la proprietaria mi aveva garantito che la casa era caldissima e che se proprio ne avessi avuto bisogno avrei potuto comprare una stufa elettrica.

Lo feci immediatamente: entrando in casa all'inizio di novembre, notai la condensa che mi usciva dalla bocca mentre ero al telefono con Matelda. Per fortuna, nonostante le paure di mia madre, la stufa non è mai esplosa.

Quando venivano a cena, i miei amici dovevano portare coperte e cuscini (i cuscini servivano per potersi sedere da qualche parte perché le sedie non entravano; le coperte, per non morire assiderati).

Compresi presto che la mia nuova vita non aveva nulla a che fare con quanto avevo immaginato. Tra affitto e bollette se ne andava più della metà del mio stipendio. Questo escludeva le serate a base di sushi, il cinema, i week-end al mare o in campagna, l'indispensabile iscrizione in palestra.

Insomma, mi era precluso quasi tutto. Trascorrevo sempre più serate a casa avvolta dal mio piumino e con la stufa in funzione. Quando arrivò la prima bolletta della luce decisi che sarebbe stato più salutare morire di freddo e non la accesi mai più. Infreddolita nel mio loculo, sono ingrassata dieci chili (la dieta è per chi se la può permettere, la palestra anche: siete mai entrati in un supermercato per comprare proteine e verdura?), fumo un pacchetto di sigarette al giorno (l'unico lusso che ancora mi concedo) e bevo come una spugna per affogare i miei dolori di donna single e grassa. Ecco: diciamo che sono nella mia fase Bridget Jones.

Quella *Sex and the City* purtroppo non è mai iniziata.

A volte ritornano

Il lavoro occupava gran parte del mio tempo. Fare l'ufficio stampa era un'arma a doppio taglio. Incontravo persone interessantissime, giornalisti, attori, spesso anche scrittori, ma accontentare le enormi aspettative del mio capo era difficile. Questo perché, appena comprava un film e iniziava a distribuirlo nelle sale, veniva surclassato da distributori ben più grossi e a quel punto riuscire a sponsorizzare la pellicola sui giornali diventava quasi impossibile. Tanto più che spesso io stessa non capivo la trama del film, figuriamoci se riuscivo a spiegarla!

Ce la mettevo tutta per cercare di far pubblicare anche solo un trafiletto. Ero diventata un giocoliere, una bugiarda. Mi sarei venduta anche mia madre, o il mio corpo, se fosse stato di qualche interesse.

A volte provavo a piazzare l'intervista all'attore principale, che non era mai uno famoso, altrimenti non avrei dovuto faticare poi tanto, ma quando riuscivo a strappare un mezzo sì – i film di nicchia hanno comunque un loro appeal – c'era sempre un problema in agguato. «Va bene, ci prendiamo l'intervista con l'attore principale, ma la dai solo a noi, mi raccomando! »

Chiamavo gli altri e per onestà dicevo che l'intervista l'avevo già data.

«Ah, allora non mi far perdere tempo. Non se ne fa niente! »

«Ma potreste intervistare il regista o… »

«No, perché sai bene che non usciamo in contemporanea con altri giornali».

«Allora la recensione… »

«Vedremo, magari più in là… »

«Ma più in là quanto?»

«Gli spazi sono quelli che sono…»

Di solito, quando finalmente il pezzo usciva, il film non era più nelle sale da almeno due mesi.

Con i settimanali la procedura era più o meno la stessa, così come le risposte.

«Ma chi lo fa?»

«Be', c'è "Repubblica" che…»

«No, se lo fa "Repubblica" noi non lo facciamo, questo è il "Venerdì", fa parte dello stesso gruppo, tu capisci…»

Oppure: «No, se c'è già il quotidiano non ce ne possiamo occupare anche noi».

Ma la vera mazzata arrivava quando la mattina, aprendo i giornali, trovavo lo stesso film di una grande casa di distribuzione che campeggiava contemporaneamente su un quotidiano e un settimanale, e per giunta dello stesso gruppo: recensione su «Repubblica» e intervista sul «Venerdì». E questo voleva anche dire essere chiamata dal mio capo in stanza con i giornali aperti sul tavolo e lo sguardo tra il depresso e il torvo.

– Visto, Moscardelli?

– Sì, mi dispiace tanto ma…

– Cazzo, il nostro film ucraino è diecimila volte più bello degli altri, che sono tutti prodotti commerciali. I giornalisti non capiscono niente. Ora scrivo una mail ai direttori e li mando a cacare!

– No, per carità…

– Le cose sono due: o tu non sei capace o loro sono dei coglioni!

Oddio. Ero a un bivio. Che potevo rispondere? Se gli avessi

detto che il problema ero io, mi avrebbe licenziata, se confessavo che ce l'avevo messa tutta avrebbe scritto mail feroci rovinandomi tutti i rapporti che faticosamente avevo costruito.

– Ti sei addormentata? Intanto che ci rifletti su, torna nel tuo ufficio e attaccati al telefono!

– Volo!

– Brava, Moscardelli. No, anzi: male, molto male! E ora scrivo a tutti!

E spesso, purtroppo, lo faceva. Ma anche in questo caso non riceveva alcuna risposta.

La cosa più preoccupante era che lui aveva ragione. Perché a certi film venivano negate le stesse possibilità che invece erano offerte ad altri? Io credevo fermamente nel suo progetto, ma le logiche dei giornali erano chiare: più il distributore era importante, maggiore era lo spazio che gli veniva dato. Non doveva piuttosto essere il contrario? Non sarebbe stato più logico far conoscere al pubblico film di nicchia che altrimenti non avrebbe conosciuto nessuno? In fondo il film commerciale, con o senza il supporto dei giornali, avrebbe avuto successo comunque.

Insomma, non ne venivo a capo. Ero sempre più frustrata e lui sempre più scontento.

Come se non bastasse, la mia situazione sentimentale andava peggiorando. Continuavo a incontrare uomini assurdi che si innamoravano sistematicamente di altre donne.

Che fine aveva fatto il grande amore? Dove era andato a finire l'uomo capace di superare le apparenze per scoprirsi innamorato di me? Soprattutto, che fine aveva fatto Francesco?

Erano trascorsi anni dalla vacanza a New York. Dal momento che ricordavo ancora a memoria il suo numero di casa, una sera, presi coraggio e chiamai. Rispose la madre e mi riconobbe. Era sempre stata molto carina con me, forse le facevo pena. Anche in quell'occasione risultò davvero affettuosa. Chiese informazioni su di me, sulla mia vita. Alla fine, mi diede il suo numero di cellulare e mi disse che era tornato a vivere a Roma.

Io però non lo chiamai.

Passò un anno e me ne ricordai solo perché una notte, in preda a una nostalgia terribile, sfogliai i vecchi diari, quelli dove avevo annotato ogni singolo pensiero, ogni singola parola e sensazione dell'epoca. Fu una notte catartica. Come per magia, quello che era successo a New York era scomparso lasciando il posto ai vecchi sentimenti. Dovevo arrendermi all'evidenza: lo amavo ancora. Il giorno seguente lo chiamai.

Fu strano risentire la sua voce. La telefonata durò talmente tanto che mi catapultò indietro di una quindicina d'anni. Ormai faceva il modello di professione. Mi sembrava soddisfatto e felice. Arrotondava lo stipendio suonando la chitarra nei locali notturni.

Sapevo che sarebbe diventato un artista!

Con il trascorrere dei minuti aumentava la mia convinzione che fosse cambiato. Era diventato un uomo.

Programmammo di vederci la settimana successiva. Il giorno stesso, iniziai i preparativi per l'incontro. Mi misi a dieta. Una settimana sarebbe bastata se non altro a sgonfiarmi, o per lo meno così speravo. Iniziai a tempestare di telefonate Matelda per la scelta dell'abbigliamento. Minigonna? No, da strappona. Pantaloni? No, troppo seri. Abito lungo? No, esagerato.

Le conversazioni si concludevano sempre con la stessa frase confortante: «Chiara, hai dei vestiti improbabili».

Non rimaneva altro da fare che scegliere tra i suoi o tra quelli di sua sorella, ma anche in questo caso Matelda era lapidaria.

– Sei disgustosa!

– Grazie…

– È la verità.

– E questo invece? Non mi ingrassa?

– No. Ti fa esattamente come sei.

– Grassa!

– Sì. Però ti sta bene.

– Ecco. Questo. Secondo me può andare… Dici che mi troverà invecchiata?

– Certo. *Siamo* vecchie! Guarda qui che rughe… Sì, non male, prendilo. Ti fa un po' Danny De Vito, ma meglio di così mi sa che non lo troviamo.

Con questo ottimismo, mi avvicinavo al grande incontro.

Ci saremmo visti a casa sua, in tarda serata, in modo che lui avesse il tempo di finire un servizio fotografico. L'ultima volta che ero stata da lui la serata era andata malissimo. Ma ora tutto era diverso. Lui era un uomo, io una donna.

Appena lo vidi, ebbi un tuffo al cuore, come ai vecchi tempi. E dal tuffo al cuore ai crampi intestinali fu un tutt'uno. Avevo bisogno del bagno: la colite da stress emotivo non perdona.

Francesco mi aspettò in salone per circa mezz'ora. Impassibile.

Pensai che lo fosse per affetto nei miei confronti. In realtà il suo atteggiamento era dovuto, molto semplicemente, alla totale mancanza di pensieri.

Durante la cena non smettemmo un secondo di parlare. Avevamo così tante cose da raccontarci. Gli confessai i miei problemi con gli uomini, gli dissi di Samuele e del fatto che la maggior parte delle volte, anzi sempre, sbagliavo tattica, concedendomi troppo in fretta e manifestando un atteggiamento troppo amichevole che veniva sempre male interpretato.

Lui mi ascoltava e, ne ero sicura, mi capiva.

– Certo, è pazzesco… non credevo fossi andata a letto con Samuele.

– Tu non uscivi dalla stanza, – cercai di giustificarmi.

– Hai fatto bene. Una mia amica mi ha raccontato che indossava sempre delle mutande ghepardate. Fico.

– Non ne so niente, – mi affrettai a smentire.

– Sai che si è sposato? Chissà se porta ancora quelle mutande…

Non c'erano dubbi: eravamo uguali, io e lui.

Poi affrontammo anche l'argomento New York. Gli dissi che avevo intrapreso quel viaggio con aspettative che poi erano state disilluse. Gli raccontai dell'amicizia con Rosa che si era interrotta dopo tanti anni.

Lui taceva comprensivo, e i suoi occhi azzurri come il mare non smettevano un attimo di guardarmi e spogliarmi.

Mi desiderava, lo sentivo.

Poi mi baciò, e fu esattamente come il mio primo bacio.

Mi prese in braccio e mi portò in camera da letto. La realtà può superare la fantasia? In questo caso successe. Facemmo l'amore. Dopo quasi quindici anni, mi presi quello che mi spettava. Dimenticai tutto il resto e immaginai che fosse la mia prima volta. Era così che l'avevo sempre immaginata. Restammo abbracciati a lungo. Poi, all'alba, ci salutammo.

Andai direttamente in ufficio. Dovevo avere un sorriso stampato in faccia perché il mio capo intuì subito il tipo di nottata che avevo appena trascorso.

– Bella la vita, eh, Moscardelli?

– In che senso?

– Sì sì, come no… ora però lavora, ti sei divertita abbastanza, – e si allontanò ridendo.

Era così evidente?

Chiamai Matelda e le raccontai tutto.

– E lui si è fatto vivo?

– No…

– Appunto.

In effetti lui non si fece vivo per un bel po'. Io ogni tanto gli mandavo degli SMS a cui rispondeva in ritardo e laconico.

Una sera, inaspettatamente, mi chiamò. Era disperato.

– Che ti è successo?

– Mi sono lasciato con Rosa.

– Non ho capito…

– Ci dovevamo sposare.

– Ma non me l'hai proprio nominata l'altra sera…

– Certo che no, che c'entrava parlare di lei? Era una serata di revival, no? Poi mi avevi detto che avevi molto sofferto per la fine della vostra amicizia e non volevo urtare la tua sensibilità…

– Che delicatezza… ma se ti ci dovevi sposare, una parolina me la potevi anche dire…!

– Perché?

Già, in fondo: perché?

Abbiamo continuato a frequentarci per anni. Rosa lo aveva lasciato davvero. Non si è mai sposato, almeno credo, anche se non sono mai riuscita a capire se quando ci vedevamo aveva una donna oppure no. Forse, trovava ancora sconveniente parlarne. Io, di certo, non gliel'ho più chiesto. Comunque, quella serata per me era stata davvero speciale. Con lui mi ero sentita di nuovo bene. Era vero che mi ero concessa subito, ma si trattava pur sempre di Francesco e lui sembrava avermi capita. Solo di recente la verità è venuta alla luce.

– Francesco, ti ricordi che serata abbiamo passato a casa tua la prima volta che ci siamo rivisti?

– Come no. Stupenda.

– Ti posso chiedere una cosa? Come mai quella volta hai deciso di fare l'amore con me?

Quando facciamo domande di questo tipo, è perché siamo sicure delle risposte. Le facciamo per una pura formalità. Sentiamo il bisogno di ricevere conferma a cose che già crediamo di conoscere.

– Be', scusa. Non mi avevi parlato di tutti quegli uomini con cui eri andata a letto subito, la prima sera?

– Sì, non l'avevo mai detto a nessuno e…

– Come mai? Sono episodi divertenti. Comunque, i tuoi racconti mi hanno stuzzicato un sacco. E poi mi sono detto, perché io no? Pure Samuele ce l'aveva fatta! Alla fine sono stato l'unico coglione ad aver aspettato quindici anni!

– Odio doverlo ammettere ma il tuo discorso non fa una piega.

– Ovvio. Ah, sai che forse divento padre?

– Come «padre», e come «forse»?

– Sì, Elisabetta è incinta e, insomma, dobbiamo decidere che fare…

– Chi è Elisabetta?

– La mia ragazza.

Ve l'avevo detto che, spesso, vediamo solo quello che vogliamo vedere.

Una questione di sedere

Il mio lavoro, tra alti e bassi, procedeva. Quel giorno dovevo fare una riunione importante sul Torino Film Festival. Sebbene facessi l'ufficio stampa da quasi un anno, non ero ancora riuscita a incontrare la maggior parte dei giornalisti di persona, e il festival sarebbe stata l'occasione adatta.

Vi lascio immaginare il mio stato d'animo.

Come tutte le mattine stavo andando al lavoro in motorino. Ero agitata e distratta.

Talmente distratta che non mi accorsi che una macchina stava svoltando e la presi in pieno. Mentre fluttuavo nell'aria, pensai che stavolta non ce l'avrei fatta a salvarmi (avevo già avuto un incidente e me l'ero cavata per un pelo).

Caddi a terra.

Una frazione di secondi dopo ero circondata da un capannello di gente che gridava e si dimenava, e con la coda dell'occhio vidi una donna, probabilmente la proprietaria dell'auto, che singhiozzava (in realtà sembrava avere le convulsioni) e si giustificava: – Non l'ho vista proprio! E poi mi è venuta addosso lei. Povera me. È morta, è morta, è mortaaa!

Non riuscivo a capire se si trattasse di una domanda o un'affermazione, ma dal momento che mi sembrava di essere ancora vigile, forse poteva trattarsi di una domanda.

– No, signora, non si preoccupi, non vede che sta bene?

Oddio, io proprio bene non stavo e avevo uno strano formicolio alla mano.

Finalmente riuscii a parlare:

– Sì sì, sto bene, – e provai a muovermi.

– No. Nun te move', – sentii. – C'è sangue per terra.

Non poteva essere mio, però. Io, tutto sommato, mi sentivo intera. Nella caduta ero riuscita a spostarmi, per cui il motorino era finito sopra la mia mano, mentre il resto del corpo mi sembrava illeso.

Il sangue però c'era e a una più attenta analisi sembrava provenire proprio da sotto il motorino.

– È morta, è morta! – continuava a dire la signora, e forse aveva ragione.

– Oddio. Che devo fare? – dissi, ignorandola.

– Non lo so. Riesce a muovere la mano? – chiese uno dei presenti.

Ci provai.

– No! – fu la mia amara risposta.

– Te credo!

– E quindi?

Con gli occhi cercavo una risposta da quello che era sempre intervenuto e mi sembrava il più competente. Ma lui era voltato da un'altra parte, e con la sicurezza di uno che la sapeva lunga stava informando le altre persone dell'accaduto.

– Secondo me questa s'è giocata la mano.

Mentre cercavo ancora di metabolizzare la frase, vidi l'uomo che si avvicinava verso di me con passo spedito e sollevava il motorino: – O la va o la spacca, rigazzi'.

Forse non era proprio così competente.

A quel punto svenni.

Mi risvegliai in ospedale, convinta di non avere più la mano.

Ero distesa su un lettino mentre un dottore si dava un gran da fare con ago e filo.

Mi starà ricucendo la mano, pensai.

– Poteva perdere una falange, sa!

– In che senso?

Un dolore lancinante mi attraversò il dito. Iniziai a dibattermi, ma sopraggiunse una decina di infermieri a tenermi ferma.

Non mi sarei stupita se mi avessero intimato di aprire la bocca e avessero iniziato a togliermi i denti, uno a uno. Avevo visto troppe volte *Il maratoneta.*

Poi la tortura finì e compresi di avere ancora la mano, e i denti.

Mi avevano messo dodici punti per riattaccarmi la falange, che era stata tranciata dal parabrezza del motorino. Ecco spiegato il sangue.

Rintronata e con il dito fasciato e dolorante, mi condussero in un'altra stanza dove avrei dovuto fare l'antitetanica. Aspettai per ore.

A un certo punto entrò un altro dottore (diverso da quello che mi aveva ricucita).

– Si prepari. Le devo fare l'antitetanica, – disse brusco.

Non so voi, ma io, l'ultima volta che avevo fatto l'antitetanica, ero alle elementari.

Mi sfilai i pantaloni e le mutande.

Con il sedere all'aria e, lasciatemelo dire, a pecora, attesi la puntura con pazienza.

Trascorsi in quella posizione un tempo sufficientemente lungo da pensare che forse non avevo compreso bene cosa mi avevano chiesto.

Girai la testa in direzione della porta dove immaginavo fosse il dottore. E lo vidi. In piedi, con la siringa in mano e l'espressione di uno che ha appena visto qualcosa che avrebbe preferito non vedere. Non capivo.

– Sono pronta, – dissi.

– Ma signorina, la puntura la devo fare al braccio…

Avrei tanto desiderato che sotto di me si aprisse una voragine. In un silenzio carico di imbarazzo e sotto gli occhi attoniti del dottore mi rivestii.

Con la falange ricucita e l'orgoglio ferito per aver mostrato inutilmente il mio fondoschiena, arrivai in ufficio. Lì mi attendeva l'ira del capo.

– Moscardelli, del nostro film non parla nessuno, NESSUNO!

– Lo so, io però ho mandato il comunicato stampa e…

– Male, molto male! Ma che hai fatto al dito?

Si calmò solo quando gli raccontai l'episodio.

Smise di ridere svariati giorni dopo, credo.

Nel giro di una settimana partimmo per Torino. Io con il dito ricucito e bloccato da una stecca di legno, il mio capo carico di aspettative nei miei confronti.

Durante gli ultimi mesi, come sapete, avevo iniziato a mettere su qualche chilo, processo che non si è più arrestato, purtroppo. I vestiti che mi ero portata mi andavano un po'stretti, ma erano gli unici decenti per affrontare una fiera così importante.

Il primo giorno mi sentivo emozionatissima. Tutto rappresentava una novità.

Sistemai sulla giacca la targhetta, con il mio nome e cognome e la casa di distribuzione che rappresentavo, presi la borsa con i comunicati stampa e partii.

– Allora io vado!

– Ancora qui stai, Moscardelli? Muoviti. Vai in giro, fatti conoscere, su, sbrigati!

– Vado, vado…

Mi incamminai spaesata e poco dopo mi persi.

Ci misi un'ora a trovare la sala stampa. Era gremita di giornalisti.

Come prima cosa, mi rifugiai in bagno. L'attacco di colite aveva vinto su tutto il resto. E lì successe il fattaccio.

Sentii qualcosa strapparsi, ma al momento non ci feci caso. Avevo cose più importanti a cui pensare. Il mio capo credeva in me e io non potevo deluderlo.

Iniziai a presentarmi a tutti.

– Piacere, Chiara Moscardelli, ufficio stampa di…

– Ah sì, ho riconosciuto la voce. Ci siamo sempre sentiti al telefono.

– Sì, infatti. In molti mi dicono che ho una voce inconfondibile.

– È vero. Allora? Che novità ci sono? Qualche bel film originale?

Con tutti, più o meno, andò allo stesso modo. Alcuni mi invitavano a prendere un caffè, altri mi seguivano e si presentavano al mio capo, altri ancora si fermavano a lungo a conversare con me. Lì iniziò a tutti gli effetti la mia carriera di ufficio stampa.

La giornata mi sembrava stesse procedendo bene. Ero stanca morta, ma continuavo imperterrita le mie pubbliche relazioni salutando calorosa chi ripassava davanti a me o chi incrociavo per caso al bar. In poco tempo, ero riuscita a farmi conoscere dalla maggior parte dei giornalisti presenti.

Raggiunsi trionfante il mio capo.

– Allora? Che hai fatto? Chi hai conosciuto? Quante recensioni hai chiuso? Che pezzi escono? Mica sarai stanca, Moscardelli?

Lui era un po' così. Tante domande in una frazione di secondo, che richiedevano altrettante risposte rapide e possibilmente non deludenti.

– Mi sembra bene. Ho conosciuto quasi tutti e…

– Perché quasi?

– No, be', tutti…

– Bene. Poi?

– Niente.

– Come niente. Recensioni? Quante? «Il Messaggero» fa qualcosa? E «Repubblica»? E «Il Corriere»?

– No, ma ho dato le schede dei film e…

– Male! Male, Moscardelli. Domani chiudi tutte queste cose. Velocità, Moscardelli, velocità, intelligenza, scaltrezza.

– Sì, – dissi io con un filo di voce.

– Bene. Ci prendiamo un Negroni?

Lui era anche questo.

– Volentieri… – e mi girai per andare verso il bar.

– Moscardeeeeelliiii!

– Oddio… che succede?

– Ma vai in giro con tutto di fuori?

– Tutto cosa?

– Il sedere, Moscardelli, il sedere! – e così dicendo scoppiò a ridere.

Girai la testa nel tentativo di capire di cosa stesse parlando.

I pantaloni, evidentemente troppo stretti per contenere il mio fondoschiena, si erano spaccati in due: la cucitura si era tagliata di netto lasciando in bella vista le mie chiappone.

Quel giorno, non so perché, avevo indossato il perizoma, invece delle mie solite mutande ascellari. Scoppiai a piangere.

– Ma su Moscardelli, che ti frega?

– Ma come che mi frega? Che vergogna, e io che ci tenevo tanto. Mi sono aggirata per la fiera così, salutando a destra e a manca. Mi hanno vista tutti…

– Meglio… così magari domani esce qualche pezzo!

E si allontanò chiamando gli altri a raccolta per mostrare il sedere del suo ufficio stampa.

Questo fu il mio battesimo del fuoco a Torino. Tornata a Roma, andai subito all'ospedale per la visita di controllo della mia falange e togliermi i punti. Dopo una fila interminabile, giunse il mio turno e con enorme sconforto constatai che il dottore era lo stesso della volta precedente.

– Salve, – salutai con voce vacillante.

Di certo non poteva ricordarsi di me, con tutti i pazienti che era costretto a visitare, e forte di questa idea continuai a parlare con maggiore disinvoltura: – Devo fare la visita di controllo ed eventualmente togliermi i punti.

– Sì sì, mi ricordo. Mi ricordo benissimo.

– Ah.

Non ero più tanto disinvolta.

– Faccia vedere.

Stavo per allungare il braccio quando con tono fermo e severo mi apostrofò:

– Il dito... per favore, faccia vedere il dito. Solo quello, grazie.

Al peggio non c'è mai fine

Lo smutandato

Tutti gli anni, prima di Natale, Courmayeur ospita il Noir Film Festival.

Io mi trovavo lì per la proiezione di un nostro film con il mio capo e l'attrice protagonista.

Non essendo mai andata in un posto di montagna, in valigia avevo messo numerose maglie della salute, pigiami felpati, babbucce di lana per la notte (quelle le indosso anche a casa in agosto, ho problemi di circolazione), cappello, sciarpa, guanti e paraorecchie.

Insomma, un po' come *Totò, Peppino e la malafemmina.*

Come spesso accade in questi casi, c'erano diciotto gradi.

Il secondo giorno sarei morta per autocombustione se non mi fossi comprata un paio di magliette di cotone.

Sono sempre stata ossessionata dalla sveglia. Nel senso che quando l'indomani ho un evento importante vivo nel terrore di non svegliarmi. Quindi la notte non dormo o, se mi addormento, mi sveglio ogni ora per controllare che non sia arrivata quella di alzarsi. Un incubo. Per questo, da anni, e soprattutto quando sono in trasferta, chiedo alla reception di telefonarmi, e lo chiedo anche a mia madre e a Matelda (in orari differenti, in modo tale che non ci possano essere dubbi sul fatto che alla fine riuscirò ad alzarmi). Poi metto anche la sveglia al telefonino, non si sa mai.

Così avvenne anche in quella circostanza. L'attrice aveva concluso il suo ciclo di incontri e il giorno seguente, in mattinata, sarebbe dovuta ripartire.

Insieme all'autista del festival io la dovevo accompagnare all'aeroporto: figuratevi in che stato mi trovavo. Già in serata avevo all'attivo quattro sveglie, ma ancora non mi sentivo abbastanza sicura. Andai a letto preoccupata. Mi addormentai però come un sasso, indossando il mio pigiamino felpato con le papere, lo *zuccotto* e i calzini di lana.

A un tratto sentii bussare.

– Moscardelli! Sveglia!

Oddio. Era la fine. Nessuna sveglia aveva suonato e l'attrice aveva perso l'aereo. Mi avrebbe licenziata.

– Moscardelli, allora?

– Eccomi, eccomi. Un momento.

– Veloce, veloce, svelta!

Ero stanchissima e mi sembrava di essermi addormentata pochi minuti prima.

Aprii la porta, terrorizzata.

– Ma…

– Che fai, ancora dormi a quest'ora?

Ecco, era successo.

– Perché, che ore sono? Non ha suonato la sveglia forse, io…

Mi veniva da piangere. Come avevo fatto a dormire fino a tardi? E perché nonostante il lungo riposo mi sentivo così stanca?

– Moscardelli… sono le sei e io ho un aereo tra meno di un'ora. Devo tornare a Roma. Si lavora qui, sai? Solo tu dormi…

– Le sei? Ma è prestissimo. Io credevo fosse mezzogiorno e la sveglia…

Allora fui assalita da un altro dubbio, ancora più atroce. Che il mio capo piombando nella mia camera da letto volesse per caso sedurmi?

– Sono venuto a dirti che devo partire, quindi non posso salutare la nostra attrice. Poi dici che ti agiti se non mi vedi. E che ne so che tu ancora dormi alle sei? Sveglia, sveglia Moscardelli! Così ti impigrisci.

Ma ormai lo guardavo con sospetto.

– Che ti sei messa addosso, Moscardelli?

Ecco, ci siamo, pensai.

– Il pigiama…

– Moscardelli, ma tu vai a dormire così?

– Certo.

– Con le papere e i calzini?

– Sì, perché?

– Poi ti lamenti che non hai un uomo. E ti credo!

E continuando a ridere scomparve nel corridoio. No, decisamente non aveva alcuna intenzione di sedurmi.

Tornai a letto barcollando dalla stanchezza. Non sapevo se essere più seccata della sveglia prematura o dell'apprezzamento sulla mia tenuta da notte. Riflettei a lungo su quanto avevo appena sentito.

La sveglia suonò come previsto alle nove. Così come arrivarono puntuali le telefonate della reception, di mia madre e di Matelda.

Accesi il cellulare e trovai messaggi del mio capo che dall'aeroporto mi rimproverava per non aver ottenuto abbastanza recensioni sul film e soprattutto per il pigiama con le papere, del quale proprio non riusciva a farsi una ragione. Mi vestii a fatica e sconsolata e accompagnai l'attrice all'aeroporto.

Al rientro comprai una sottoveste sexy che francamente non ho mai messo. Io la notte ho freddo.

Il festival proseguiva senza intoppi. Conobbi molte persone del cinema con le quali la sera andavo nei pub a bere *vin brulé*. Mi stavo divertendo da matti.

Una sera, con il solito gruppo di persone, decidemmo di andare un po' fuori città, in un locale con musica dal vivo. Uno degli uffici stampa diceva di conoscere molto bene il musicista.

La serata prese una piega inaspettata. Finito il concerto il chitarrista si unì al tavolo con noi. Capelli lunghi, barba incolta, occhi scuri come le tenebre. Insomma, un gran fico. E io, che in quel periodo mi sentivo all'apice dei successi lavorativi, ero particolarmente lanciata e sicura di me. Merito, in gran parte, del mio capo, che pur avendo tanti difetti sapeva valorizzare le persone che lavoravano per lui.

Chiacchierammo tutta la sera. Gli altri tornarono nelle loro stanze, mentre noi non volevamo proprio lasciarci. Mi riaccompagnò al mio albergo.

Quel giorno aveva nevicato e io scivolavo in continuazione, tanto che a un certo punto lui mi offrì il suo braccio per appoggiarmi. Non mi sembrava vero.

Aveva ragione il mio capo. Mi aveva sempre detto che, se una persona ha successo nel lavoro, questo influisce sulla sua vita privata, ed era certo che se io fossi riuscita ad acquisire maggiore sicurezza da un lato, ne avrebbe tratto giovamento anche l'altro. Con il tempo, avrei anche imparato a dosare i successi e gli insuccessi, ad affascinare i miei interlocutori.

Non è mai riuscito nella sua missione, non gli ho dato il tempo perché, anni dopo, mi licenziai.

Il chitarrista e io ci scambiammo i numeri di telefono. Lui la mattina dopo sarebbe ritornato a Roma, ma dal momento che anche io dopo il festival sarei rientrata mi disse che dovevo assolutamente essere sua ospite a cena. A sentir lui, era un cuoco provetto.

Quando, due giorni dopo, arrivai a Roma, una vocina dentro di me (la solita) mi suggeriva di non accettare l'invito. Anche i miei amici si raccomandarono di non concedermi subito e insistevano che, se fossi andata a casa sua, avrei dato un chiaro segnale di «apertura» in quel senso. Io, da parte mia, pensavo come sempre che se non avessi accettato non lo avrei più rivisto. Quindi mi presentai all'appuntamento.

Andammo prima in un locale molto trendy, di cui francamente ignoravo l'esistenza, a prendere un aperitivo (e lì sì che mi sentivo in *Sex and the City)*, poi, con la macchina, mi portò a casa sua.

Aprì la porta sorridendo ma non accese la luce. Il problema fu che non l'accese mai.

Rimanemmo al buio. Io cercavo a tentoni un divano su cui sedermi, ma sbattevo di continuo contro le pareti.

– Scusa, ma le luci?

– Non è meglio stare al buio?

– Insomma… non vedo niente.

Mi prese la mano e mi condusse dentro.

Ecco, ci siamo, pensai. Avevano ragione Matelda, Chiara e Luca, come sempre. Non avrei dovuto accettare l'invito.

Ma le più tetre previsioni non erano nulla paragonate a quello che mi successe quella sera.

Mi misi a sedere sul divano mentre lui si spostava in cucina, o così per lo meno mi sembrò, perché sentivo rumore di piatti.

D'improvviso riapparve. Nudo. O meglio, con indosso solo i boxer.

– Spogliati anche tu. Non stai più comoda?

Questo è pazzo, pensai.

In fondo lo conoscevo appena. E se fosse stato un maniaco omicida?

– No, grazie. Sto bene così…

– Fai un po' come ti pare, – rispose stizzito.

– Mangiamo? – chiesi per rompere il ghiaccio.

– Certo.

– Che mi cucini allora di bello?

– Io? Proprio niente!

– Come...?

– C'è una minestra che ha fatto mia madre. L'ho messa a riscaldare... poi c'è del pane e il vino, ovviamente, – ammiccò.

– Certo, il vino non deve mai mancare.

– No... scalda l'ambiente, non trovi?

Più caldo di così. Ci saranno stati quaranta gradi in quell'appartamento.

– Non fa un po' caldo?

– Sempre, qui dentro... così le ragazze si spogliano...

– Ah... ecco... che tecnica!

– Vero? Funziona sempre.

– Immagino... in effetti mi sto sentendo male. Forse mi tolgo le scarpe...

– Brava. Poi però... magari togliti anche qualcos'altro...

Stavo boccheggiando e le scarpe erano l'unica cosa che potevo levarmi senza compromettermi.

Mangiammo la minestra riscaldata della mamma, lui in mutande.

Non mi sentivo affatto a mio agio. Però era così carino. Forse mi sarei dovuta ricordare di quella saggia donna di Cecilia. Mai essere pretenziose.

Dopo la cena, se così possiamo chiamarla, iniziò a parlare di sé. E non smise più.

Alle quattro del mattino ero sfinita. Iniziai a pensare al mio capo, alle cose che avrei dovuto fare il giorno dopo, ma non sapevo come interromperlo.

Mi aveva raccontato di tutte le sue donne, dei suoi viaggi, sempre con donne, del suo lavoro (ho imparato che sulle fotocopiatrici si fa un sesso fantastico) e infine del suo grande amore, quello che non lo faceva dormire la notte. Lì mi intenerii.

– Certo, ti capisco.

– Non credo proprio, guarda, – e riattaccò a parlare.

Ero stremata. Dov'era finito il suo «riscaldiamo l'ambiente» e «togliti i vestiti»?

Le forze mi stavano abbandonando e poggiai i piedi sulle sue gambe nude.

– Che stai facendo?

– Niente, sono stanca. Mi appoggio.

– No, senti. Non vorrei che ti facessi idee sbagliate.

– A quest'ora? Non credo proprio...

– È meglio se ti riaccompagno a casa. Non vorrei tu pensassi che tra noi... insomma, hai capito, no?

– In verità, no.

– Te l'ho detto. Sono innamorato di un'altra donna, perdutamente. Penso sempre e solo a lei. Non posso stare con nessun'altra.

– Sì. Questo lo avevo capito. Ma cosa ti fa pensare che io...

– Be', certe cose si capiscono. Sei venuta a casa mia, di sera... mi hai chiesto di cucinare per te. Queste cose di solito si fanno per una donna che si vuole sedurre e...

– Senti. Tu mi hai invitata. Tu ti sei messo in mutande e ho dovuto cenare con uno mezzo nudo...

– Bello spettacolo, eh? Ora ti suono anche qualcosa, ti va?

Era una domanda retorica perché senza aspettare una risposta prese la sua chitarra e iniziò a suonare. Nudo.

E passarono altre due ore.

Non ne potevo più.

A un tratto mi accorsi che aveva smesso di suonare. Guardava fisso davanti a sé un punto lontano.

– Questa canzone era per lei...

Non persi tempo. In un secondo ero in piedi, con cappotto e borsetta pronta ad andarmene.

– Piccola… ci sei rimasta male?

– No. È che ho sonno. E tanta fame. Prendo un taxi e tolgo il disturbo. Ti vedo anche in fase creativa…

– Hai notato?

– Come no!

– Comunque, sai, in questo periodo sto molto giù, in altri periodi non mi sarei lasciato scappare l'occasione di stare con te… e mi dispiace perché in questo modo non saprai mai cosa ti sei persa.

– Ne ho una vaga idea. Ora però devo proprio andare. Scusa.

– Già. Magari un giorno di questi ci facciamo un'altra serata, che dici?

– Non vedo l'ora.

E scappai. In effetti non seppi mai cosa mi ero persa.

A casa, prima di addormentarmi, chiamai Francesco. Io devo sbattere la testa contro il muro almeno dodici volte, altrimenti non capisco.

– Forte il tipo.

– Ma Francesco, ti sembra normale?

– Be', in effetti no.

– Ah ecco, meno male.

– Io mi sarei tolto anche le mutande, scusa.

«Anche le cacche di piccione cadono dal cielo»

Erano trascorsi ormai più di due anni dal famoso colloquio. Grazie all'intuito di una persona molto difficile ma a suo modo geniale, che aveva visto in me ciò che io stessa ignoravo, mi ero creata, non senza fatica, una mia professionalità e quindi una sicurezza che prima non avevo.

Da quel punto di vista potevo considerarmi fortunata.

Il rapporto che avevo instaurato con lui, e con le persone che lavoravano per lui, era unico. Lui era il mio mentore, il mio confidente e la mia croce. Deludere lui voleva dire deludere me stessa. Per certi versi, era l'unico uomo che era entrato nella mia vita a non avermi ancora tradita. Anzi, cercava di farmi crescere, sia professionalmente che come persona perché le due cose, come spesso diceva, erano legate.

Quell'anno fu tra i più belli della mia vita.

A settembre ci trovavamo al Festival del Cinema di Venezia.

Non so quanti di voi hanno avuto l'opportunità di visitare Venezia durante il festival. Vi garantisco che la città in quei giorni è magica.

Vi potrebbe capitare di incontrare George Clooney che passeggia sulla spiaggia del Lido o sedervi al tavolo di un ristorante per sorseggiare un aperitivo e accorgervi che seduta accanto a voi c'è Meryl Streep.

Comunque noi eravamo lì con uno dei nostri film più importanti, ovviamente fuori concorso. Appena misi piede a Venezia entrai subito in modalità «ansia da prestazione». Durante il giorno avevo organizzato numerose interviste con gli attori e il regista e la sera ero riuscita a prenotare uno dei migliori ristoranti del Lido. La cena mi avrebbe ripagato di tutto.

Raggiunsi il ristorante stremata. Il mio capo invece era attivissimo come al solito.

– Moscardelli, sei un cencio!

– Lo so...

In quel momento arrivò lo chef a illustrarci il menu. Era giovane e bello ma io non avevo occhi che per le ordinazioni.

– Moscardelli, hai visto come ti guarda?

– Chi?

– Lo chef, chi se no?

– Non credo proprio...

E invece, come sempre, aveva visto giusto.

Lo ritrovai la sera in un locale del Lido. Io chiacchieravo con una mia cara amica giornalista e lui era in piedi al bancone del bar e mi guardava. Dopo qualche minuto lo vidi avvicinarsi.

– Posso unirmi a voi?

– Certo, – rispondemmo in coro.

Due minuti dopo la mia amica simulò un terribile mal di testa e disse che sarebbe andata direttamente in camera a dormire, nonostante io le stessi dando calci sotto il tavolo facendole capire che non volevo essere lasciata sola. Non sono mai stata capace di gestire queste situazioni.

Non potevo neanche bere altrimenti il giorno successivo non sarei riuscita a svegliarmi. Per fortuna non dovetti fare alcuno sforzo. Era un logorroico. Giorgio, questo era il suo nome, stava cercando di fare il concorso in magistratura pagandosi da vivere cucinando nel ristorante dei suoi zii. Io ero stanca morta per cui gli dissi che dovevo andare a letto quasi subito.

Sembrava quasi non volesse salutarmi. Tergiversava e alla fine mi chiese il numero di telefono.

Ero titubante. In fondo mi trovavo lì per lavoro e non avrei saputo proprio come gestire la cosa.

Ma per una volta che avevo ricevuto un invito da parte di un ragazzo, non potevo certo lasciarmelo sfuggire! Gli diedi il numero e iniziai a sperare.

Il giorno dopo raccontai l'episodio al mio capo. A lui non pareva vero che avessi finalmente rimorchiato e mi garantì la libera uscita per la sera in cui avrei visto questo Giorgio.

Il secondo giorno a Venezia, mentre assistevo alla proiezione, mi arrivò un suo SMS. Mi invitava a bere una cosa con lui in tarda serata, dopo la chiusura del suo ristorante. Accettai, non prima di averne parlato con il mio capo, più entusiasta di me all'idea.

Il giorno seguente i preparativi furono lunghissimi. Non ero certo arrivata a Venezia con il pensiero di un'ipotetica serata galante, e per questo la cosa mi aveva colta alla sprovvista.

Il panico si era impadronito di me. Se fossi stata a casa avrei potuto impegnarmi in un'opera di restyling completa, ma lì non avevo nulla, né tanto meno il tempo di organizzarmi. Cercavo di vincere l'emozione dicendomi che in fondo si trattava di una semplice bevuta, che non sarebbe successo niente e che mi aveva invitata soltanto perché mi aveva trovata simpatica.

Ero titubante. Mi sarei dovuta fare la ceretta o no?

La questione era delicata. Andare pelosa a un incontro sarebbe stato un ottimo deterrente. D'altra parte, se non mi fossi depilata, non sarei potuta andare a letto con lui ed ero sicura che non mi sarebbe capitata una seconda occasione. Era un grave dilemma e non sapevo proprio come uscirne.

Per una volta nella vita, mi feci coraggio e non mi depilai.

– Moscardelli, guarda che quello ti vuole portare a letto! – mi diceva il mio capo.

– Ma no, che dici. È solo una bevuta.

– Tu credi eh?

– Certo, poi secondo me neanche gli piaccio.

– Te l'ho detto un sacco di volte, Moscardelli. Devi cambiare atteggiamento, iniziare a dire di no, a fare la preziosa. Renditi conto che hai una tua professionalità che le altre persone si sognano! Possibile che non lo capisci? Sei una donna bella e intelligente e prima te ne renderai conto meglio sarà per tutti!

– Macché bella! Non ci riesco, non ce la faccio.

– E allora perché ti avrebbe invitata? Andiamo, Moscardelli, su… sveglia!

– Che devo fare allora?

– Dire di no, rimandare. Fagli capire che hai molti impegni, ma che vedrai di liberarti. Alle tue condizioni, però, con i tuoi tempi.

– Ma io gli ho già detto di sì.

– E quindi?

– Come faccio?

– Sei o non sei qui per lavoro?

– Sì…

– Appunto…

– Non ho capito… E poi se rimando e lui sparisce?

– Sei senza speranza. Domani esce l'articolo su «Repubblica»?

– No…

– Male!

Con questo spirito, e piena di timori, mi presentai all'appuntamento.

Credo di non aver mai trascorso una serata così piacevole. Era la prima volta che mi sentivo a mio agio con un uomo. Sembrava capirmi perfettamente e soprattutto sapeva ascoltare. Con soddisfazione pensavo che il mio capo per una volta non ci aveva visto giusto. Giorgio era davvero interessato a me e non a portarmi a letto!

Usciti dal locale andammo in giro per Venezia. La città di notte, con le luci soffuse, mi sembrava il posto più bello del mondo. Il Lido era illuminato dal chiarore lunare. Mentre camminavamo uno di fianco all'altra, in silenzio, lui mi prese la mano. Non disse niente e continuammo a passeggiare così, come vecchi amici.

– Sei una ragazza incredibile, – mi diceva.

– Perché?

– Perché non ne ho mai conosciuta una così brillante e simpatica. Anche cazzuta! Tutte le donne che ho avuto erano sempre piene di esigenze. Non prendevano mai un'iniziativa. Tu invece saresti la mia donna ideale.

Non potevo credere alle mie orecchie. Il primo uomo a non amare il tipo di donna che io cercavo di studiare e imitare! Finalmente il mio carattere schietto e aperto veniva premiato.

Ho sempre avuto problemi a relazionarmi con l'altro sesso. Diciamo la verità: non ci ho mai capito molto. Purtroppo, non sono nata gatta morta e ho sempre avuto l'atteggiamento sbagliato. Ero spontanea quando si richiedeva un comportamento costruito e al limite dell'artificioso, ironica e sarcastica quando sarebbe stato meglio non esserlo, intelligente e sensibile quando dall'altra parte era evidente che queste qualità non sarebbero state apprezzate. Se poi mi dimostravo di vedute aperte, buongustaia e con una passione smodata per gli alcolici, per la maggior parte degli uomini ero una mignotta; per quelli con più di un neurone, una compagna di bevute.

In questo caso, come avrei dovuto interpretare la serata?

Mentre ero preda dei miei pensieri, Giorgio si fermò.

– Dove siamo?

– Sotto casa mia, – ammiccò.

Oddio, i peli!

Cercai di prendere tempo, cosa non facile dal momento che non smetteva un attimo di baciarmi con passione, e per la prima volta sembrò quasi che stessi facendo la preziosa, quando in realtà erano i peli a parlare al posto mio. E funzionò.

Mi ritrovai in albergo, soddisfatta per avere resistito (anche se non era stato proprio per merito mio o della mia ferrea volontà) e sicura che il giorno dopo lui mi avrebbe cercata ancora.

Stavo per addormentarmi quando mi arrivò un SMS: «Come farò a dormire senza di te?»

Questo era troppo! Avrei dovuto insospettirmi. Invece mi addormentai felice.

Mi risvegliai di soprassalto col pensiero del mio capo urlante in attesa del mio arrivo.

Mentre mi dirigevo verso il Lido, dove avrei dovuto incontrarlo, il mio cellulare non smetteva un attimo di suonare. Stavo ricevendo un'incredibile e sorprendente quantità di messaggi da parte di un uomo che all'epoca mi azzardai a definire «innamorato».

Il mio capo non era d'accordo.

– È solo perché hai fatto la preziosa, Moscardelli. Meno male che avevi 'sti peli! Ancora non hai capito come sono fatti gli uomini?

– Ma è stato romanticissimo!

– Si chiama sesso, Moscardelli! Altro che romanticismo! Ma io che ti parlo a fare? Lo sai, vero, che dipende tutto da te, da come ti poni?

– Sì. Lo so.

– Dipende esclusivamente da te. Devi lavorare su te stessa per migliorarti, sempre.

– Dipende da me. Okay, dipende tutto da me. Ma se è così, allora, non ce la farò mai...

– Brava! Che ottimismo! Un'ottima base di partenza su cui lavorare... Esce qualcosa domani sul «Corriere»?

– Forse, mi hanno detto che...

– Prima di depilarti, vedi di fare uscire qualcosa domani, eh, Moscardelli?

Per avere un po' di conforto e comprensione, chiamai Matelda.

– Ci siamo, sento che è la volta buona: gli piaccio veramente, Matelda!

– Sì, vabbe', comprati la crema depilatoria e poi ne riparliamo domani, va'!

– In che senso?

– Nel senso che se ti depili poi ci vai a letto.

– Be', sì, ma...

– E quello il giorno dopo evapora, come tutti gli altri.

– No, no. Questa volta è diverso. Guarda, avresti dovuto sentire le cose che mi ha detto...

– Sì sì, come no. Ci sentiamo domani, così mi racconti. Intanto depilati che sei un orsetto!

Mollai regista e capo e mi precipitai in profumeria.

Due vocine mi parlavano: una mi diceva di resistere, l'altra di comprarmi la crema.

Vinse la crema.

La serata fu memorabile. Scoprii cose a lungo ignorate. I preliminari, per esempio. Non ne sapevo nulla. La loro esistenza mi era stata preclusa fino a quel momento.

Ancora stordita da tutte quelle sensazioni, fui risvegliata da Giorgio.

– Rivestiti che ti accompagno in albergo.

– Come?

– Domani mi devo svegliare prestissimo, ho un sacco di cose da sbrigare.

– Sì infatti, anche io... sai c'è il Festival e...

– Ecco, appunto. Meglio dormire in santa pace, no?

Maledetta crema depilatoria. Perché l'hanno inventata?

– Vabbe', torno in albergo.

– Grande! Vai da sola? Adoro le donne indipendenti.

Tra noi donne circola una massima: se un uomo è single vuol dire che o è sposato o è gay.

Lui era stronzo.

Credete che il mio telefono il giorno dopo abbia squillato anche solo una maledettissima volta?

– Moscardelli, io te l'avevo detto, – non mancò di sottolineare il mio capo mentre pranzavamo. – E non è ancora uscita la recensione sul «Corriere»...

– Te l'avevo detto. Non avresti dovuto comprare la crema – commentò Matelda al telefono.

– Chiara, – mi disse invece Luca, – sai perfettamente cosa devi fare, quindi perché non lo fai mai?

– Non lo so... è più forte di me. Sono pazza.

– Ovvio, come tutti noi.

– Appunto.

– Che c'entra? Fai come me.

– E cioè?

– La pazzia si può e si deve nascondere. Che diamine!

Sante parole.

Ma io non me ne facevo una ragione. Possibile? Non aveva detto forse che io ero la sua donna ideale? Come poteva aver inventato tutto pur di portarmi a letto? D'altra parte, la cosa non riusciva a non lusingarmi. Di solito gli uomini che avevo incontrato in passato si erano prodigati molto meno. Comunque sia, lui scomparve.

Alla cena conclusiva del festival, ben tre giorni dopo la notte fatale, me lo ritrovai di fronte. Cercai di sembrare il più disinvolta possibile. Ho sempre pensato che gli uomini non volessero sentirsi braccati, né avere problemi di sorta, e per questo provai a essere tranquilla e affabile. Se il mio studio sulle gatte morte fosse stato a buon punto, di certo avrei adottato una strategia diversa. In più, avevo paura di perderlo. Ma come si fa a perdere una persona che non si è mai avuta?

Lui pensò che fossi una ragazza sicura di sé, aperta e con la semplice voglia di divertirsi. Il terrore di non piacere e il desiderio di essere accettata mi hanno sempre condotto in strade senza uscita, con la vittoria finale dell'altro e la profonda desolazione della sottoscritta.

Fu così anche quella volta.

Rifacemmo l'amore. Senza preliminari.

– Sono stato bene. È bello sapere che esistono donne come te, che non creano problemi. È stata un po' come una storiella estiva, non trovi?

– Vado in albergo, – riuscii solo a dire.

– Be', comunque è stato bello, – incalzò lui.

Oddio, forse per lui, ma era pur sempre un complimento, o no?

– Meno male. Sono cose che danno soddisfazione, – risposi senza entusiasmo.

Credevo fosse finita lì.

Invece, visto che al peggio non c'è mai fine, quattro mesi dopo si rifece vivo.

Fu molto carino, e io come per magia dimenticai l'antefatto. Al telefono mi disse che gli ero mancata e che gli avrebbe fatto piacere rivedermi. Guarda caso, a breve, avrebbe dovuto seguire un corso di aggiornamento per chef nella capitale. Non solo i precedenti scomparvero dalla mia mente, ma riuscii anche a rielaborarli a mio uso e consumo. Pensai che si fosse pentito, che si fosse reso conto che tra noi poteva funzionare, e quello fosse un modo per comunicarmelo.

Come ho già detto, siamo troppo «dietrologiche». Attribuiamo significati a parole e gesti che significati proprio non ne hanno.

Continuò a chiamarmi nei mesi successivi finché non giunse la famigerata settimana in cui avrebbe dovuto frequentare il corso. Non ebbi un attimo di esitazione e lo invitai a stare da me.

– Sei sicura?

– Ma certo! Ci mancherebbe... la casa è un buco, mi dispiace, dovremmo arrangiarci per dormire.

– Non ti preoccupare. Sei un vero tesoro. Arrivo domani.

Ero al settimo cielo. Avevo anche fatto tutto un ragionamento. Abitando in un monolocale, saremmo stati costretti a dormire insieme.

Mi sentivo un genio!

Mentre lo aspettavo a casa il cuore mi batteva velocissimo.

Smise di funzionare del tutto quando realizzai che non era solo.

– Questo è Massimo, un mio amico. Anche lui ha il corso, quindi gli ho detto di unirsi. Non ti dispiace, vero?

– Figurati, hai fatto bene.

Ancora mi domando perché non lo mandai a cacare, perché non riuscii a cacciare entrambi di casa sbattendo la porta e mandandoli a dormire in albergo.

Gran brutta bestia, l'insicurezza.

Non solo trascorsi una settimana sul divano, nel letto matrimoniale ci dormivano loro, ma la sera li scarrozzavo per la città eterna. Il mio piano stava facendo acqua da tutte le parti.

Parlavano di donne, di scopate, delle rispettive conquiste. Io ascoltavo esterrefatta e incapace di protestare. Il culmine fu quando, l'ultima sera, fecero un brindisi in un pub. Si augurarono di incontrare presto la loro donna ideale (ma come, Giorgio a Venezia non aveva forse detto che ero io?) Mi ritrovai ad ascoltare la descrizione di come doveva essere la donna perfetta.

Credo non vi stupirete se vi dico che corrispondeva perfettamente a quella della gatta morta. Rimasi folgorata e fu lì che decisi di trascorrere il resto della mia vita a studiare questa categoria. Una specie di investimento sul futuro.

Forse alla fine dovrei ringraziarlo, Giorgio.

Avete presente il film *La verità è che non gli piaci abbastanza?* Ecco, imparate le battute a memoria.

Se incontrate un uomo e scoprite che è single e senza grosse magagne, dico grosse perché se è single qualcuna di certo ce l'avrà ma ci dovrete passare sopra, una regola fondamentale è cercare di non diventarci mai, e dico mai, amiche.

Quando vi chiederà di uscire, voi siete impegnate. In realtà non avete niente da fare ma lui questo non lo dovrà mai neanche sospettare. E se avete le idee chiare sui partiti politici italiani o sull'ultimo film che ha vinto Venezia, tenetevele per voi. E ditegli ogni tanto che è un genio, rimarrà tra lui e voi, non lo saprà nessuno.

Ricordatevi anche che se lui non vi cerca non è perché è molto occupato o ha perso il vostro numero di telefono: come dice il protagonista del film, che poi è il compagno di Drew Barrymore, un uomo, se è veramente interessato a voi, sa sempre come trovarvi.

Pensai a tutte queste cose mentre loro parlavano.

Giorgio continuava a descrivere diverse situazioni in cui avrebbe voluto incontrare la donna della sua vita. Tutto però doveva avvenire senza faticare troppo. Gli sarebbe anzi piaciuto che l'incontro avvenisse per caso: – Vorrei che mi cadesse dal cielo! – specificò.

A quelle parole ebbi un sussulto. Decisi di inserirmi nella conversazione e dal momento che io e Giorgio ci eravamo conosciuti per caso, feci una battuta: – Be', Giorgio, diciamo che io per esempio ti sono caduta dal cielo, no?

Perché continuavo imperterrita a fare quelle dannate domande? Cosa mi aspettavo come risposta?

– Ma Chiara, che c'entra, mica tutto quello che arriva dal cielo va bene…

– Hai ragione, – aggiunsi io con un filo di voce. – In fondo anche le cacche di piccione cadono da lì.

– Già. Non ci avevo pensato.

Con questa frase si concluse la sua breve trasferta romana.

Aveva ragione Luca, dovevo riuscire a nascondere meglio la mia pazzia.

E proprio per dare maggiore risalto al fatto che avevo compreso alla perfezione il suo consiglio, provai a chiamare più volte Francesco. Ormai era un po' che ci frequentavamo (se così si può dire) e lui, nonostante tutto, avrebbe cercato di consolarmi, a modo suo.

Dopo parecchi giorni riuscii a sentirlo.

Ero affranta, in lacrime. Gli chiesi perché non riuscivo a trovare un uomo che mi volesse bene, sperando inconsciamente (e neanche tanto) che mi dicesse che lui me ne voleva. Non disse nulla. Poi, d'un tratto, mi liquidò. Aveva fretta. Rimasi per qualche secondo in attesa, a pensare. Poi, spinta dalla pazzia che Luca, con grande successo, mi suggeriva di nascondere, gli inviai un SMS.

Si cerca affetto là dove non può esserci, mai. Non ricordo con precisione che cosa gli scrissi. La sua risposta, però, la conserverò nel mio telefonino a imperitura memoria:

«Pensa al mio cazzo! »

Un uomo dotato di rara sensibilità.

Restai qualche minuto in silenzio a riflettere.

Poi presi il cellulare e gli risposi: «Non faccio altro da giorni».

«Brava! » fu la risposta.

Ora sì che mi sentivo come una cacca di piccione caduta dal cielo.

Intermezzo creativo

Ci sono mattine in cui ci si sveglia con un'energia nuova. E non c'è ragione alcuna, perché non è successo nulla che possa giustificarlo, eppure si ha voglia di cambiare. Ecco io, quella maledetta mattina, mi ero svegliata proprio con quella sensazione lì.

Dovevo fare qualcosa.

Fino a quel momento la mia vita era stata una gran fatica. Non avevo mai dato retta a chi mi consigliava di essere sempre perfetta e in gran forma prima di uscire di casa e le conseguenze erano sotto gli occhi di tutti. Luca, soprattutto, non smetteva di dirmi che avrei dovuto avere maggiore cura di me stessa perché non potevo sapere cosa sarebbe potuto succedere, chi avrei potuto incontrare. Non so a voi, ma a me non è mai successo niente. Anzi sì, per la verità una volta ho incontrato un matto, ma non so se vale.

Spesso la notte ero invasa dai sensi di colpa, che purtroppo però sparivano subito davanti a una bella vaschetta di gelato.

«Chiara, – mi diceva sempre Luca, – incontrerai l'uomo della tua vita quando meno te lo aspetti. L'importante è non pensarci troppo».

«Ma allora se non ci devo pensare che bisogno c'è di curare il mio aspetto fisico? Se lo facessi vorrebbe dire che in realtà ho delle attese».

«No, tu devi essere sempre pronta senza però darlo a vedere».

«Mica ho capito... »

Ecco, questo «quando meno te lo aspetti» sembrava una condizione psicologica fondamentale che però io non avevo ancora messo a fuoco.

A ben guardare c'era qualcosa che non tornava. Dunque, ricapitoliamo: era indispensabile un restyling di due ore anche solo per uscire a comprare il latte perché l'uomo della mia vita poteva essere in agguato. Però non me lo sarei dovuto aspettare. Allora, teoricamente, non era neanche necessario torturarsi per ore davanti allo specchio per cercare di somigliare alla protagonista di *High School Musical*, che peraltro ha sedici anni.

Era un cul-de-sac, da cui avevo deciso di uscire vestendomi come mi pare. L'unica volta che avevo seguito il consiglio di Luca, chiedendo due ore di permesso dall'ufficio per la preparazione, era stato un disastro. Quasi rimpiangevo il gioco della bottiglia (quello della scopa no).

La cena a cui ero stata invitata infatti, e per cui mi ero impegnata tanto, era piena di cretini (per parafrasare il film) e mi assalì uno sfrenato desiderio di tornare a casa, infilarmi il pigiama e mettermi a guardare una puntata della *Signora in giallo.* Le ragazze, di età indecifrabile, erano tutte altissime, magrissime, biondissime e non avevano un capello fuori posto. Io, nonostante il notevole impegno, sembravo Moira Orfei.

Ero molto seccata, soprattutto per le due ore di permesso.

Quella sera feci una serie di considerazioni, osservando le coppie che mi circondavano.

Prima fra tutte ebbi la conferma di una teoria che mi ronzava in testa da tempo: l'uomo brutto non esiste. Può essere «un tipo», ma brutto mai. Ha la pancia? È un tenerone. Ha il capello brizzolato? È affascinante. Ha cinquant'anni? È maturo.

Per la donna invece non c'è scampo: se è brutta, è brutta e basta.

Ha la pancia? È una cicciona. Ha i capelli sale e pepe? È vecchia.

Se poi ha superato i quaranta, è a un passo dalla morte. Ecco perché ci facciamo stirare, massaggiare, gonfiare o risucchiare, a seconda delle necessità. E dopo tutto questo ci innamoriamo follemente di un vecchio, magari con la pancia, perché lui, e sottolineo lui, è un tipo.

Per l'uomo, invece, la donna deve essere bella. Su questo non si può discutere. Alla donna non si perdona la mancanza di bellezza.

Ecco perché Cenerentola è bella.

La donna deve plasmarsi per raggiungere la forma perfetta. Non è un caso se ne *La bella e la bestia* è la ragazza che si innamora dell'uomo trasformato in mostro da un incantesimo, e non il contrario.

Tutto questo ce l'avevo chiaro davanti agli occhi. Le donne presenti a quella festa erano perfette e di età indefinibile. Gli uomini non riesco neanche a commentarli.

In una società edonista come la nostra, dominata dall'ossessione per il corpo, che si vuole sano, efficiente, bello, la bruttezza è un vero e proprio handicap, l'anatomia un destino beffardo.

Ma solo noi donne dobbiamo preoccuparcene.

Ecco io, per tornare a quella famosa mattina, avevo avuto un'illuminazione.

Dovevo smettere di lamentarmi e iniziare a lavorare su me stessa, in particolar modo sul mio corpo. Forgiarlo con fatica e determinazione, novello gladiatore, per cercare di somigliare a quella dannata protagonista del musical di Walt Disney.

Dovevo iscrivermi in palestra!

Più facile a dirsi che a farsi, considerando il mio budget mensile e la mia pigrizia.

Ma non mi arresi finché non trovai quella che faceva al caso mio.

Le signorine dietro al banco informazioni mi spiegarono con

cortesia eccessiva la differenza tra la kick boxing e la kick fit, tra la gym tonic e la pump-power tonic.

Ero confusa.

Eppure, forse per non deluderle, annuii con enfasi e accettai una lezione di prova. Quale corso fosse, proprio non ve lo saprei dire. Aveva un nome impronunciabile.

Il giorno dopo, con la tuta da ginnastica del liceo nella borsa, feci il mio ingresso in palestra. Ero vestita come la Cuccarini in una puntata di *Fantastico.*

Mi persi subito, appena superati i tornelli.

Entrai, nell'ordine, prima al bar, poi in piscina, infine nella sala pesi.

Era un labirinto. Incrociai un'anoressica con indosso un fazzoletto al posto della tuta, aderentissimo e arrotolato nel sedere, lo sguardo truce. Per un attimo pensai di superarla e chiedere a qualcun altro. Poi mi feci coraggio e le domandai dove fosse la sala delle lezioni.

– Quale lezione?

– Non so… in generale.

– Ma quelle con Ademaro o con Igor?

Non poteva essere Igor. Non avevo nessuna intenzione di fare lezione con uno che si chiamava Igor.

– Cioè, ma è kick boxing, kick fit o get fit?

Stavo per piangere.

– Vabbe', comunque le sale sono al piano di sopra.

Non me lo feci ripetere due volte ed evaporai.

Appena entrata negli spogliatoi ero già stanca. Non ero sicura che avrei avuto la forza di raggiungere la sala della lezione. Tanto più che neanche avevo capito quale fosse.

Mi investirono trecento gradi Fahrenheit. La temperatura era altissima e la stanza gremita. Si soffocava. Iniziai a guardarmi intorno per cercare uno spazio dove appoggiarmi. Impossibile. Le panche erano tutte occupate da phon tecnologici con forme bizzarre, tubi enormi di creme antietà e mutandine microscopiche. La stessa cosa valeva per gli armadietti. Donne nude dai fisici scultorei mi passavano davanti schiacciandomi. Non riuscivo a distinguerne l'età, avevano quarant'anni o venti? Impossibile da decifrare. Trovai rapida un angolino, mi cambiai senza essere vista e fuggii a lezione, scegliendone una a caso. Elargendo sorrisi non ricambiati finalmente trovai la sala. Anche quella era strapiena e con una musica assordante.

Tutte si erano posizionate davanti allo specchio, spintonandosi l'un l'altra per potersi vedere meglio. Io ero nascosta dietro a una catasta di tappetini. Partita la sequenza di esercizi, tutte eseguivano con precisione le indicazioni di un ragazzo con auricolari e microfono, anche lui dall'età indecifrabile. Io invece andavo alla cieca.

– Spingi, – gridava quello dentro il microfono.

Oddio, che dovevo spingere? I glutei? Gli addominali? Non so voi ma io, all'epoca, ero priva di entrambi. Dopo il primo quarto d'ora stavo già per cedere. Mi stava passando tutta la vita davanti (per citare Woody Allen, nella parte migliore guidavo un'auto usata) ed ero certa di essere vicina alla morte. Mi faceva male tutto, anche l'orecchio.

– Prendete subito step, pesetti, barra da due chili e tappetino.

Ma tutti insieme? Mica ero un giocoliere.

– A terra, cento addominali.

Stavo ancora cercando di liberarmi degli attrezzi che lui aveva già finito di contare.

A quel punto mi guardai intorno sconfortata ed esausta. Ero l'unica a sudare, e l'unica a indossare una tuta.

C'erano pantacollant a vita bassa con il perizoma in bella vista abbinati a canottiere di almeno due taglie più piccole. Seni rifatti, pance piattissime. E non riuscivo a sentire niente. Stavo diventando anche sorda? Forse avrei dovuto fissare un appuntamento con un otorino.

– Prendete la palla!

No, la palla no.

La presi, mi ci sdraiai sopra e iniziai a rotolare per la sala senza riuscire a tenerla ferma. Era arrivato il momento della ritirata. Barcollando tornai negli spogliatoi. In dieci minuti ero lavata, vestita e stravaccata sul mio divano, davanti a *Elisa di Rivombrosa.*

Mentre loro, le ventenni-quarantenni, ero certa fossero ancora lì, tra creme per il corpo, piastre per capelli e trucchi elaborati. Loro i glutei ce li avevano, gli addominali pure.

Mi stesi sul divano. Il cuore aveva ancora un battito irregolare e mi sentivo il viso congestionato. Decisi che il giorno successivo sarei andata a fare un elettrocardiogramma e promisi a me stessa che se anche avessi avuto altri attacchi di entusiasmo, li avrei soffocati.

Quella stessa sera, mi iscrissi a Meetic, una sorta di agenzia matrimoniale online.

Dopo la terribile esperienza dei primi anni Novanta pensai che le chat non fossero più popolate da soli gay e che avrei potuto incontrare finalmente il mio guerriero della notte. O forse, molto più semplicemente, la mia unica lezione in palestra mi aveva fatto bene.

La homepage è tra le più rassicuranti. Tutta rosa, con indicazioni chiare sulla missione della chat: farti incontrare l'uomo dei tuoi sogni. Inserendo le informazioni giuste, avrai presto la possibilità di scegliere tra numerosi pretendenti, mentre scorrono le immagini di coppie felici e sorridenti, il più delle volte abbracciate, che si sono conosciute proprio su Meetic.

Compilai i moduli, a sentir loro fondamentali per rendere completo il mio profilo e poterlo affiancare all'uomo giusto. Impiegai tutta la notte. Dovevo scegliere il mio carattere, i miei hobby, la mia professione e la mia personalità da un menu a tendina. Mi innervosii molto: non c'era mai l'opzione che mi riguardava. Dovevo sempre inserire «altro», termine che mi privava della mia identità. Ero «altro» in quasi tutto.

Per non parlare dell'aspetto fisico. Dal menu potevi scegliere tra: «piacente» (da escludere), «nella norma» (triste), «una bomba» (decisamente no) e il mio preferito: «il fisico è veramente importante?»

Scelsi questo: era il più divertente.

Fui costretta a modificarlo quasi subito perché non mi contattava nessuno. Il mondo è privo di ironia.

Superato il primo scoglio, quello della compilazione completa e dettagliata del profilo, il gioco è fatto. Accedi a Meetic con username e password e inizi a cercare il tuo partner ideale.

Lo scoprii facilmente. Bastava iniziare a chattare e subito cadevano a pioggia inviti di ogni genere.

La maggior parte degli uomini che sceglievo (tutti intorno ai quarantacinque anni) non faceva mistero del proprio stato civile: fidanzati o sposati. E questi erano i più sani.

Il resto dell'umanità presente in chat era disarmante.

Devo dire che, tutto sommato, sono stata fortunata. Nel brevissimo periodo della mia iscrizione a Meetic (poco più di due mesi), non posso dire di aver incontrato squilibrati o maniaci sessuali, al primo posto nella lista di persone in cui si pensa di incappare su Internet. La stessa Matelda, temendo questa possibilità, voleva sapere sempre il luogo dell'appuntamento e il nome del ragazzo che avrei incontrato.

– Ma a che ti serve saperlo, scusa? – le chiedevo io. – Tanto, se mi accoppa, tu non puoi fare niente.

– Questo lo dici tu. Posso comunque dare degli indizi alla polizia quando ti ritroveranno tagliuzzata in una valigetta che galleggia sul Tevere.

– Mamma mia! E perché poi mi dovrebbero tagliuzzare?

– Be', perché intera mica ci entri!

I pochi uomini con i quali decisi di uscire, più che psicopatici, erano sposati. Quasi tutti intorno ai cinquanta, mancavano di ironia e, per una ragione a me ignota, erano vestiti come quindicenni. Mi annoiavo mortalmente. Con uno psicopatico mi sarei divertita di più.

Almeno pagavano le cene. Ho incontrato dei gran signori.

Ingrassai ulteriormente durante quei mesi, ma smisi di andare al supermercato per un bel po' e le mie finanze si risollevarono. Anzi, a dir la verità, ne trassero un vero e proprio giovamento. Ve lo consiglio: se vi trovate in bolletta, iscrivetevi a Meetic.

Non incontrerete di certo l'uomo che fa per voi, ma non dovrete più pensare alla spesa per un bel po'.

«Si possono avere cadute di stile»

Quello stesso anno decisi di andare in Siria e Giordania con Alessandro, il ragazzo che avevo conosciuto durante l'ultimo interrail e che avevo continuato a sentire, e vedere ogni tanto, nel corso degli anni. Anche lui era diventato un uomo, ormai. Non aveva ancora trovato la sua strada: non era mai riuscito a concludere l'università. Voleva diventare un medico, come suo padre, primario di un importante ospedale torinese, ma qualcosa lo aveva bloccato.

Matelda se ne sarebbe andata con la cugina in Birmania e io non avevo una lira, come al solito. Mi dispiaceva separarci, ma forse ci avrebbe fatto bene. Avremmo conosciuto gente diversa e saremmo uscite dal solito giro. Io e Alessandro ci consultammo a lungo e alla fine la decisione ricadde su uno di quegli operatori turistici che mettono insieme una quindicina di persone, più o meno della stessa età, accomunate dallo sfrenato desiderio di soffrire. Gli itinerari sono gli stessi delle altre agenzie, ma con alcune differenze sostanziali nell'organizzazione. Le compagnie aeree sono ignote e dai nomi spesso impronunciabili, gli alberghi sono bettole, gli spostamenti in loco avvengono su carrette a motore o a pedali. Questo consente non solo di poter affrontare viaggi altrimenti molto costosi, ma anche di conoscere persone particolari e instaurare con loro fin da subito rapporti intensi e di immediata amicizia.

Il gruppo era, da questo punto di vista, emblematico. Un neolaureato in Antropologia molto carino e simpatico, fidanzato con una ragazza che, purtroppo per lei, era rimasta in Italia, un ingegnere psicopatico, una coppia di Treviso, una donna in carriera ipereccitata e facilmente irritabile, un criptogay e noi.

La convivenza forzata mi portò a vedere Alessandro in modo diverso. Al momento della partenza non ci conoscevamo poi così bene. Qualche telefonata e un paio di incontri in quindici anni non avevano fatto di noi due amici. Non solo era un bellissimo ragazzo, moro, occhi azzurri, con labbra carnose che mi ricordavano Francesco, ma notai che rimaneva sempre sulle sue ed era di poche parole. Contrastava con il gruppo quasi assordante con il quale eravamo in vacanza. In pochi giorni diventai la sua confidente. È incredibile la puntualità con cui riesco a trasformarmi nella migliore amica di uomini che trovo anche solo vagamente interessanti e che vorrei fossero per me fidanzati, amanti o futuri mariti.

Serate intere trascorse con Alessandro al chiaro di luna a parlare di noi. O meglio, era sempre lui a parlare, e soltanto di se stesso. Era appena stato lasciato dalla ragazza che amava da sempre. Questo aveva rimesso in discussione la sua intera esistenza. Il mondo non gli sembrava più un posto interessante dove vivere e non si riconosceva nella società borghese in cui era cresciuto.

– Certo, ti capisco.

– E poi non voglio finire come mio padre.

– Perché, cosa gli è successo, se posso chiedertelo?

– Be'… ha lavorato tutta la vita dodici ore al giorno per mantenere la sua famiglia.

– E quindi?

– Come quindi? Non si è goduto la vita, la sua vera essenza. Ha perso le cose più belle ed è diventato un borghese del cazzo.

– Certo, certo. Tu allora cosa pensi di fare?

– Per ora ho deciso di prendermi il mio tempo per riflettere. In fondo ho solo trentasei anni.

– E come vivrai?

– Ho la carta di credito di mio padre!

Tra una chiacchiera e l'altra trascorrevamo il tempo, attraversando deserto e città incredibili che sembravano uscite dalle *Mille e una notte.*

Tornati alle nostre vite, il rapporto non era più quello di prima. Si era in qualche modo evoluto, tanto che le telefonate diventarono quotidiane.

– Tu mi capisci, mi ascolti. Perché la mia ex compagna non mi ascoltava mai?

– Non lo so, Alessandro. Magari parlavi troppo di te e lasciavi poco spazio a lei.

– No, no. Ti garantisco. Erano solo i suoi bisogni a essere importanti, mai i miei.

– Quindi cosa avevate in comune voi due?

– Assolutamente niente.

– Allora perché continui a pensare a lei?

– Perché è una gran fica!

Due anni dopo Alessandro e io organizzammo un altro viaggio, questa volta in Grecia.

– La barca a vela è sempre stata il mio sogno. Voglio diventare uno skipper!

– Che bello, Ale. Finalmente hai capito cosa vuoi fare nella vita. Ma sei mai stato in barca a vela?

– Certo. Quella di mio padre!

– Già, dimenticavo. Ma questo non vuol dire che...

– Perché mi castri?

– No, ci mancherebbe. Anche io vorrei fare la modella ma...

In ogni modo decidemmo di andare in Grecia in barca a vela con lo stesso operatore della Siria, dal momento che ci eravamo trovati così bene.

Provai a convincere anche Matelda.

– Ma che, sei matta?

– Perché, Mati?

– Io vi affogo a tutti se mi rinchiudete in una barchetta con gente insopportabile.

– Ma ci sarò anche io…

– Mbe'? Affogo pure te…

E così partimmo alla volta della Grecia.

In effetti la barca era minuscola e lo skipper un alcolizzato. Stava sempre disteso a poppa con una birra in mano e se non fosse stato per l'aiuto di uno di noi che aveva fatto la scuola di vela saremmo andati tutti alla deriva.

Il gruppo era composto da psicopatici. Per fortuna Matelda non era venuta, avrebbero fatto tutti una brutta fine. Ce n'era una che dopo aver trascorso i primi due giorni a piangere e a lavare le sue ciabattine nell'acquaio dove di solito usavamo pulire l'insalata, ebbe una crisi di nervi e si fece lasciare su un'isola. Spero sia riuscita a fare ritorno a casa. Un'altra non riusciva a scendere dalla barca e per l'intera vacanza non fece neanche un bagno. Poi c'era un ingegnere depresso che si nutriva solo di cannoli e maritozzi alla panna e con la pancia piena si buttava in mare, sotto gli occhi atterriti di tutti noi. Io non facevo in tempo a immergere un dito in acqua che venivo assalita da meduse giganti grandi come polipi. Gli unici normali erano una coppia di Roma: Sara e Luca, il poveretto che doveva governare la barca notte e giorno. Sono diventati miei cari amici.

Alessandro, da parte sua, non uscì mai dalla cabina. Cianotico per il mal di mare, si era applicato così tanti cerotti antinausea che sembrava avesse la rosolia.

Una sera fummo costretti a toglierglieli uno a uno perché rischiava l'overdose.

– Dài Ale, sali su a prendere una boccata d'aria, – cercavo di spronarlo.

– Non posso, c'è troppa marea.

– Ma se non c'è un alito di vento!

– Questo lo dite voi.

– Il mare è una tavola...

– Io sento che si muove.

– Forse dovresti rivedere l'idea di fare lo skipper nella vita, – mi sfuggì.

– Devi sempre cercare di mettermi i bastoni tra le ruote!

– Ma...

Dovevo averlo ferito nell'orgoglio, perché una delle ultime sere decise di emergere dalla cabina.

Non aveva una bella cera, ma dopo un paio di bicchieri di vino aveva ripreso colore.

Divenne stranamente logorroico e si mise a raccontare delle sue disavventure amorose e lavorative. In quel momento, si insinuò in me un ragionevole dubbio sulla sua reale intelligenza. Ma durò un attimo. Mi ritrovai a dirgli più volte e con toni esasperati che avrebbe dovuto smettere di piangersi addosso e che sarebbe stato opportuno quanto urgente reagire e uscire dalla situazione di stallo in cui comodamente si era adagiato. Luca e Sara annuirono con enfasi, lo skipper ruttò. Lo presi per un assenso e ringalluzzita continuai, concludendo con una filippica sulle donne: – Alessandro, basta rimpiangere la tua ex ragazza, sono passati due anni e come alibi direi che è scaduto. E poi in fondo il mondo è pieno di donne!

E qui avrei voluto che una persona fuori campo indicasse me.

Lui rispose con un concetto molto profondo:

– Il fatto è che ormai mi sono abituato ad alti standard, capisci? Non riesco più ad accontentarmi.

Incassai basita.

L'ultima sera, dopo i nostri consueti aperitivi, in mezzo al mare e sotto un cielo stellato, accadde quello che ormai consideravo impossibile.

Gli altri erano tornati nelle rispettive cabine mentre noi, rimasti a poppa, eravamo distesi a pancia in su con gli occhi fissi sulla Via Lattea. Si prospettava l'ennesima serata trascorsa a placare le crisi depressive di Alessandro e francamente iniziavo ad averne abbastanza.

Ma come se mi avesse letto nel pensiero, Alessandro mi baciò.

Non potevo credere a quello che stava accadendo. Decisi di lasciarmi andare, di non farmi bloccare dai soliti pensieri che in quelle occasioni affollavano la mia mente. Mi ripetevo come un mantra che Alessandro non era come tutti gli altri uomini che avevo incontrato, perché era prima di tutto un amico.

Avevamo addosso solo il costume, quindi non fu difficile per lui arrivare al dunque. Così infatti fece. E non ci mise poi molto. Il tempo da parte mia di emettere tre sospiri, non certo di piacere, che il rapporto si era già consumato.

Tutto durò trenta secondi. Poi più nulla.

«Thirty seconds», come venne soprannominato dai miei amici, cercò di giustificarsi: – Scusa, – mi disse, neanche troppo imbarazzato. – Sai, era da tanto tempo che non…

– Ma non ti preoccupare, – mi affrettai a rispondere io per non turbare la sua sensibilità.

– Perché non facciamo un bagno?

In me si riaccese la fiammella della speranza.

Accettai senza troppe esitazioni. Iniziai a scendere le scalette, lui mi aveva preceduto, ma ero lenta, e non certo per darmi un tono.

L'acqua era ghiacciata e io non ero poi tanto capace di affrontare quei gradini. Avevo paura di scivolare e le situazioni che richiedono equilibrio, audacia e destrezza non sono mai state il mio forte. Ancora appollaiata sulla scaletta alzai lo sguardo in cerca di Alessandro, che immaginavo a pochi metri da me, in apprensione per la mia sorte.

Lo vidi invece nuotare ferocemente e di gran carriera verso l'orizzonte. Era ormai un punto lontano e non riuscivo a capire se quella cosa che vedevo brillare laggiù fosse la sua testa pelata o la luna.

Quella notte non seppi più nulla di lui. Pensai fosse affogato.

Il giorno dopo ero depressa e con lividi da scaletta sul sedere. Con chi potevo confidarmi? Accesi il cellulare e chiamai Matelda.

– Mati… – iniziai a raccontarle, – Sono andata a letto con Alessandro.

– Ma quando, scusa? Come è possibile? Non sei in barca?

– Sì sì.

– E gli altri dov'erano?

– Nelle loro cabine, io e lui siamo rimasti fuori e…

– Ma che figuraccia, e se qualcuno usciva all'improvviso?

– Non avrebbe visto niente. Il tutto non sarà durato che pochi secondi.

– Che evidentemente sono bastati. Certo che non ti si può lasciare sola un attimo. Be', prova a vedere il lato positivo della faccenda…

– E quale sarebbe?

– Dici sempre che ti annoi quando vai a letto con qualcuno, se non altro stavolta non ne avrai avuto il tempo.

– Hai ragione. In effetti non me ne sono proprio accorta. Ma ora che faccio? Come mi comporto?

– Che ti frega? Magari non se ne è accorto manco lui!

Io, però, non sapevo proprio cosa fare. Come sempre non avevo idea di quale comportamento tenere e ovviamente scelsi quello sbagliato. Volevo apparire spavalda e sicura di me. Non lo volevo spaventare, facendolo sentire accerchiato, ma allo stesso tempo sentivo la necessità di affrontarlo.

Con una disinvoltura che non credevo di avere, il giorno dopo, per fortuna quello della partenza, mi avvicinai: – Ma che fine hai fatto ieri? Mi inviti a fare un bagno romantico e poi scompari?

– Be', scusa, sai… mi andava di fare una nuotata.

Avevo un disperato bisogno di risposte e allo stesso tempo paura di riceverle. In queste situazioni finisco per tirare fuori il peggio di me. Quella volta, invece, tirai fuori il peggio dell'altro.

Con il mio solito e spiccato autolesionismo gli domandai a bruciapelo e guardandolo negli occhi con aria di sfida: – Ma tu non eri abituato ad alti standard?

– Che c'entra, si possono avere delle cadute di stile, no?

Provai a rispondere, almeno credo, ma non ci riuscii. Avevo un groppo alla gola.

Ora so che anche lui si è sposato e ha preso il posto di suo padre in ospedale. Chissà se i suoi standard si sono abbassati.

Un po' di anni fa. Di nuovo.
Ma con la tetta sgonfia

Dopo un anno in cui le cose sembravano andare benissimo, tutto precipitò. Al lavoro non riuscivo più a reggere la pressione a cui ero sottoposta. Lo stress mi consumava. Il mio capo continuava a dirmi che avevo paura di fare un salto di qualità perché avrebbe comportato troppi scombussolamenti nella mia vita. Ero paralizzata. Infelice e insoddisfatta, sentivo di aver perso la fiducia che lui riponeva in me. Insomma, mi licenziai.

Non capivo quale fosse il problema, cosa mi causasse tutto quel malessere.

Fatto sta che mi ritrovai a casa. Mi sembrava fosse passato un secolo dall'ultima volta che era successo.

Fu allora che iniziai a scrivere. Provai a mettere per iscritto tutto quello che mi era successo nella vita.

Ebbene, voi non ci crederete ma alla fine ne venne fuori un romanzo che piacque moltissimo. Decisero di pubblicarlo. Eravamo tutti increduli di fronte alla notizia. Mamma si vergognava (come darle torto) e iniziò a spargere la voce tra le sue amiche che sua figlia aveva una fervida immaginazione e che assolutamente non era un romanzo autobiografico. Matelda e Luca negavano di aver mai detto tutte le cose che avevo scritto, ma alla fine dovettero capitolare.

Presentazioni in libreria, apparizioni televisive, insomma tutti volevano avere come ospite l'esperta di gatte morte. Ovunque si parlasse di loro, io dovevo esserci. Andai anche a *Porta a porta.* In breve tempo il libro vendette un milione di copie e, come spesso succede quando un libro ha successo, decisero di farci un film.

Ve l'avevo detto che non bisogna mai smettere di sperare! La mia vita era cambiata. La ragazzina che negli anni Ottanta si abbuffava di pizzette, quella che era nata podalica e che rimaneva sempre in piedi al gioco delle sedie, alla fine aveva vinto.

Decisero che il film sarebbe stato interpretato dalla Capotondi. Io non ero d'accordo. Lei era troppo carina. Ma alla fine, come sempre, l'avrebbero sottoposta a ore di trucco per imbruttirla. Comunque, grazie al film, mi comprai casa. E questa fu la più grande soddisfazione della mia vita. Un attico di centotrenta metri quadrati terrazzato! Avete presente quello di Pepa in *Donne sull'orlo di una crisi di nervi?* Ecco, lo comprai proprio così. Volevo dare un taglio netto con il passato. Niente più scantinati.

Le prime notti trascorse nella nuova casa non furono tra le più felici. Mi dovettero ricoverare d'urgenza per una serie di attacchi di agorafobia. Ero abituata a vivere in venti metri quadri e quegli enormi spazi avevano sconvolto il mio sistema nervoso.

Poi mi abituai. Decisi di non badare a spese e lo arredai in stile giapponese. Mi rifeci anche il guardaroba: centinaia di scarpe Prada e Manolo Blahnik.

Viaggiavo in continuazione tra Roma e New York, dove avevano comprato i diritti del mio libro. In una di queste trasferte conobbi Hugh Grant, che si innamorò perdutamente di me. Io però scelsi l'indipendenza. Che me ne facevo di uno come Hugh Grant quando potevo averne cento, di uomini come lui? Ebbi una storia anche con il mio personal trainer, che avevo assoldato per rimettermi in forma. Me lo aveva consigliato proprio Renée Zellweger. A lei era servito tanto quando era stata costretta a ingrassare per interpretare il ruolo di Bridget Jones.

I miei amici mi seguivano ovunque e Chiara era diventata addirittura il mio ufficio stampa: professionalissima e acida.

Il problema dei peli, invece, venne risolto dal laser. Spesi un patrimonio, ma non dovetti mai più fare una ceretta.

– Chiara! Chiara!

– Ma non si sveglia?

– Mmm.

– Mi senti? Apri gli occhi! Ce la fai?

No. Non ce la faccio. Vedo appannato, sento male dappertutto e ho dei crampi lancinanti alla bocca dello stomaco. Poi capisco: è fame. Ma il resto? Dove sono? Cosa è successo? Provo a parlare ma non mi esce nulla, ho qualcosa che mi soffoca in gola. Ora che ci penso, non respiro neanche...

– Sta diventando cianotica!

Ma chi, io?

– Che facciamo, intubiamo?

– No, no, ha ripreso colore. Chiara, è tutto a posto?

Insomma, mica tanto.

– Abbiamo tolto il fibroma. Era benigno. Ora la riportiamo in stanza.

Io non ci sto capendo niente. Ma il libro? Mi pare di capire che non l'ho più scritto. E il mio attico? E tutti gli altri? Francesco, Samuele, Giorgio, Alessandro... messi in fila mi fanno un po' paura.

In stanza mi rendo conto di essere sotto shock, e non certo per l'intervento. Guardo i miei amici e capisco che ho sognato. La cosa più dura da digerire è la constatazione di non aver comprato casa. Posso anche soprassedere sul fatto di non essere stata abbordata da Hugh Grant, ma sulla casa proprio non riesco a passare sopra. Ho ancora negli occhi le immagini di quello splendido attico...

– Allora? – è la voce di Matelda.

– Boh, – è la prima cosa che riesco a dire, e in effetti è proprio così che mi sento.

– Che vuol dire boh?

– Ho fatto un sogno assurdo.

– Ma chi se ne frega! Che ti hanno detto i medici? Che hai? Che ti hanno fatto? Morirai? – continua a gridare Matelda mentre si siede sulla mia flebo.

– Ma no, Mati. Sto benissimo. È tutto a posto.

– Chi l'ha detto?

– Il medico, chi se no?

– Figuriamoci!

– Sembri uscita da una clinica di bellezza, – dice Luca.

– Ma Michele? – chiedo con un filo di voce.

– È arrivato a Sabaudia!

– C'era da immaginarselo. Ragazzi, ho fatto un sogno incredibile.

– Non è che hai molestato il dottore? – chiede Chiara.

– Spero di no… ho sognato in carrellata tutta la mia vita.

– Gesù santo e ti sei anche voluta risvegliare poi? – dice Luca.

– Cretino. Non avete capito: ho sognato tutta la mia vita da quando sono nata a oggi e voi c'eravate sempre.

– Che incubo! – commenta Chiara.

– Poveretti noi! – le fa eco Matelda sempre seduta sulla flebo.

– Sembrava tutto così vero. Tranne per il libro sulla mia vita, la casa, il film…

– Che sta dicendo? Sarà ancora sotto l'effetto dell'anestesia. Mi spieghi bene che ti ha detto il medico? – incalza Matelda.

– Ti rispondo se ti togli dalla flebo, vedi che il liquido non scende?

– Oddiooo! Dottoreee!

– Dove va ora?

– Lasciala stare, non so se supererà la notte, – interviene Luca.

– Lei eh? Insomma, stavo dicendo che dopo questo sogno dovrei essere depressa. In fondo non ho una casa, non ho un uomo, non ho realizzato neanche lontanamente quelli che erano i miei sogni, i miei desideri, eppure, sapete una cosa? Sono felice perché ci siete voi!

– Pensa un po' che allegria, – conclude Chiara.

In quel momento entra il medico e fa uscire tutti. Mi deve visitare.

Io lentamente inizio a prendere coscienza del sogno. La mia vita è davvero difficile. Devo fare tre cerette al mese e pagare l'affitto per un monolocale ghiacciato che mi costa quasi tutto il mio stipendio. Sono ingrassata e non ho un uomo. Ho capito anche che della bellezza interiore non frega niente a nessuno e che non sarò mai una gatta morta. Ma ormai ho smesso di scovarle in giro per il mondo. Lascio a voi il compito di farlo. Alcune indicazioni, credo di avervele date.

Io sono Chiara. Non si sfugge al proprio destino. Il mio sarà sempre quello di trovare cadaveri nei bagni, visitare paesi in cui improvvisamente scoppiano guerre civili, incontrare uomini che mi considerano molto intelligente ma che si innamorano di un'altra (aveva ragione Marilyn Monroe quando diceva: «Divento intelligente quando mi serve. Ma al più degli uomini non piace») o riconoscere per caso, un giorno, alla stazione Termini Alessandro Preziosi, l'attore di *Elisa di Rivombrosa*, e inseguirlo gridando: «Conte Ristori», il nome del personaggio interpretato nella fiction.

– Che dice? Che c'entra il conte Ristori? Luca, vedi che sta morendo? A lei piaceva tanto Preziosi.

– Beata lei, per lo meno muore felice.

La più grande strategia che abbia mai messo in atto è stata non depilarmi al primo appuntamento. Ma purtroppo poi è arrivato il secondo, e avete visto come è andata a finire.

Già, è vero, ho provato anche a fare ingelosire Francesco con un gay e a spacciarmi per un'esperta degli U2.

Non c'è che dire, sono una grande stratega.

E poi sono una donna con una «forte personalità». Non si può avere tutto nella vita.

Inutile combattere contro i mulini a vento. Non ci capisco niente di rapporti di coppia e sbaglio sempre tempi, luoghi e modalità. Getto la spugna!

– Che spugna? Perché la vuoi?

– Ma dove la trovo, ora?

Insomma, io ve l'avevo detto che a Bridget Jones era andata meglio.

– Ma sta benissimo, se l'è presa di nuovo con quella poveraccia di Bridget, – dice Matelda.

Non è vero. Io non ce l'ho con lei. Volevo solo puntualizzare l'ovvio, ecco tutto.

Una cosa però ve la so dire con certezza: quello che non abbiamo riesce sempre a rovinare quello che abbiamo e io non voglio più commettere questo errore.

Altro giro, altra corsa!

Sei mesi dopo mi ricoverano con urgenza per un dolore acuto all'addome: la cistifellea (di cui non conoscevo neanche l'esistenza) mi ha abbandonata, insieme all'ultimo ragazzo che frequentavo e che, come da manuale, si era innamorato di un'altra.

Arrivano di corsa Matelda e Luca, sconfortati.

– Questa non la superi, me lo sento! – mi dice Matelda.

– Tu sei scaduta nel 2000, – aggiunge Luca.

Mentre mi portano in sala operatoria, sono terrorizzata.

– La vedo spaventata, – cerca di consolarmi il medico. – Non si preoccupi, si può vivere senza cistifellea.

– Ma si figuri, pezzo più, pezzo meno... è che non vorrei sognare. L'ultima volta è stato terribile. La mia vita, le gatte morte... – Ma non riesco a finire la frase perché, ancora una volta, l'anestesia mi fa scivolare nell'incoscienza.

Quattro ore dopo, non ho più la cistifellea ma mi sveglio felice e riposata.

– Ho capito tutto! – esclamo appena entro nella mia stanza.

– Meno male, beata te, – risponde Matelda, accasciata sulla sedia.

– Come nel film *L'amore ha due facce.*

– Quello con Barbra Streisand? Un mito! – interviene Luca.

– Stiamo freschi! Chi se ne frega di quella nasona di Barbra Streisand, scusa? Io l'unica cosa che ho capito è che 'ste anestesie non ti fanno per niente bene. Non è che hanno provocato qualche danno? È la seconda, magari vanno sull'accumulo... Devo pensare a tutto io, qui. Come sempre.

– Però Barbra ha delle gambe favolose...

– Ecco, esatto. Bravo Luca. La Streisand ha saputo valorizzare la sua parte migliore senza concentrarsi su quella più debole.

– Dovresti farlo anche tu.

Ho pensato a quel film proprio per questo.

Barbra Streisand si innamora di Pierce Brosnan (e come darle torto), che però rimane folgorato dalla bellezza della sorella e se la sposa, con grande disperazione di Barbra. Quando poi lei, verso la fine del film, si trasforma da brutto anatroccolo in cigno, come per magia Pierce si accorge di lei e cerca di sedurla. Ma Barbra non lo ama più. O meglio, si accorge di non averlo mai amato. Si era immaginata quella scena nei minimi dettagli, milioni di volte: come sarebbe stato, cosa lui avrebbe provato, cosa avrebbe detto o pensato. Ma era meglio nei suoi sogni perché non si era mai davvero domandata cosa avrebbe sentito lei. E infatti, proprio quando Pierce finalmente cerca di sedurla, lei scoppia a ridere e se ne va, lasciandolo in mutande, non solo in senso metaforico.

Per me vale lo stesso discorso. Ero talmente ossessionata dall'idea di piacere che non avevo proprio preso in considerazione il fatto che chi mi stava di fronte in realtà potesse non piacere a me.

Non ho mai amato Francesco, questa è la verità.

– Non provo niente, è meraviglioso! – dico ad alta voce.

– Certo. Ti hanno tolto quasi tutto, ormai! – interviene Matelda.

– Volevo piacergli a tutti i costi e non credevo di essere alla sua altezza.

– Ma all'altezza di chi? – chiede Luca.

– Di Francesco!

– Ma sì che lo sei, te l'ho sempre detto.

– Lo so, lo so. Il punto è, Luca, che è lui a non essere alla mia altezza!

– Parole sante.

Non c'entra nulla il fatto di sentirsi belle o meno. Io ho paura di amare, ne sono terrorizzata.

La paura di essere un giorno abbandonata è più forte di qualsiasi altra cosa.

Se sei sola non puoi essere lasciata.

Molto più semplice credere di non essere bella che mettersi in gioco e affrontare il dolore di una perdita.

I sentimenti forti indeboliscono, ti rendono fragile e facilmente attaccabile. Scegliere uomini sbagliati è più semplice perché aiuta a tenere la situazione sotto controllo e a non lasciarsi andare ai sentimenti. Per quello ci vuole tempo, impegno, coraggio, tanto coraggio.

Continuare a pensare di non essere abbastanza bella mi aveva preservato dalle grandi sofferenze.

In realtà, soffrire per amore è orrendo, ma non soffrire affatto è ancora peggio, non trovate?

– Magari per qualcuno potrei anche non essere bella, ma in realtà lo sono... se non altro ho un'incredibile carica erotica, – continuo a blaterare ad alta voce. Ormai vado a ruota libera.

– Madonna, è come l'altra volta! Signora, non la ascolti. È il solito problema di sua figlia con le anestesie. Non c'è niente da fare: le parte l'ormone, – interviene Chiara, rivolgendosi a mia madre entrata in stanza in quel momento.

– Ma sì, – aggiungo. – Come Anjelica Huston in *Misterioso omicidio a Manhattan*... quando dice a Woody Allen di non essere bella ma di possedere un grande sex appeal.

– Ah sì, quella scena me la ricordo benissimo, – interviene Luca.

Il mondo è pieno di gatte morte, inutile negarlo.

Ma io sono Chiara. E la mia bellezza sta proprio nella mia unicità.

La mia cattiva educazione sentimentale, perché di questo si tratta, è uno scoglio enorme da superare. Così come i buchi affettivi, difficili da colmare. Ma di certo non posso risolvere tutto questo continuando a credere di non meritare di essere amata. Che un uomo sia tutto e che la sua assenza mi faccia sentire niente. Sono niente solo quando mi ostino a desiderare un uomo che non mi vuole. E lo faccio perché credo di non meritare chi invece potrebbe amarmi. Anzi, l'idea che qualcuno possa amarmi mi terrorizza.

Che gran casino! Forse ha ragione Matelda: le anestesie non mi fanno affatto bene. Speriamo solo che non abbiano provocato danni permanenti.

La cosa certa, ora, è che dipende da me dare una svolta alla mia vita.

Io sono bella, più dentro che fuori, s'intende, ma comunque bella, e qualcuno prima o poi se ne accorgerà. Soffrire ed essere lasciati fa parte del gioco. L'importante è mettersi nelle condizioni di poter giocare.

Sorrido e cerco di alzarmi dal letto per darmi una sistemata. Devo essere indecente e non ho più voglia di farmi vedere così.

– Luca, che succede? Sono tanto preoccupata... – piange Matelda in un angolo. – Che vuole fare? Buttarsi dalla finestra?

– Be', almeno ci lascerebbe ridendo.

– Tutta colpa delle due anestesie troppo ravvicinate. Che ci troverà di tanto divertente?

– Matelda, non capisci? – chiedo io.

– Sì, capisco che sono di fronte a una pazza che ride senza più cistifellea e di sicuro con qualche altro male in incubazione.

Invece io ho capito di essere una donna forte, coraggiosa, onesta, intelligente, ironica... bella. E ho fretta di dimostrarlo.

Devo ricominciare da capo. L'ho già fatto molte volte e continuerò a farlo.

Ho tante cose. Ho i miei amici.

Loro mi daranno la forza di cambiare.

Bisogna imparare a stare da soli finché non si incontra la persona giusta. Non è facile, ma se lo fosse tutti l'avrebbero già trovata, no?

Ringraziamenti

Questo libro è uscito per la prima volta nel 2011.

Chi mi conosce, e mi legge, sa bene quanto siano importanti per me i ringraziamenti. Per questo mi piacerebbe lasciarli così, vintage (tranne che in qualche piccola e doverosa variante).

Non saprei da dove cominciare. Allora, forse, partirei dall'inizio. Ringrazio i miei genitori, perché è merito loro se sono nata. Podalica, ma è pur sempre meglio di niente. Ringrazio mio zio caco, per la pazienza con la quale sopporta mamma e me da anni, mio fratello Nicola, per avermi accolto nella sua vita, anche se un po' in ritardo, e sua moglie Valentina. Rosetta per avermi accettato con affetto. Ringrazio i miei amici, che mi danno la forza di andare avanti, tutti i giorni. In particolare Matelda, per aver acconsentito, non senza un certo imbarazzo, di mostrare senza vergogna le sue debolezze. Credo confidi nel fatto che questo libro lo leggeranno in pochi. La ringrazio per essermi amica da ormai più di vent'anni. E così anche Luca, Michele, Chiara, Chicca, Susanna, Sara e Giulia i cui nomi non sono stati cambiati e che con i loro sarcastici consigli e con la loro presenza hanno reso la mia vita più sopportabile, e spero continueranno a farlo. Ringrazio Brunella, che ha sempre creduto in me, a dispetto di tutto. «Mi rimarrai sul groppone», mi ha detto un giorno. In effetti così è stato, poveretta. Ringrazio Francesca, che fin da quando eravamo ragazze mi spronava a scrivere. Leggeva le mie lettere che arrivavano a Los Angeles, in cui le raccontavo le mie sventure, e rideva. Mi piace pensare di averle rallegrato quegli anni. Ringrazio Elisa, la compagna di mille avventure (mi ha seguito perfino a Milano) che al primo cenno di sconforto (ovviamente da parte mia) mi ha regalato un blocchetto e una penna minacciando di usarli come oggetti contundenti se non avessi continuato a scrivere (e forse avrebbe fatto bene a farlo) e che ha riletto questo romanzo almeno dodici volte. Ringrazio Enrica (per la sua forza e determinazione), Anna (per essere esattamente quella che è), Sara (per la sua creatività e spontaneità), Susanna (per la parte fondamentale che avrà nel secondo libro: le chiedo già scusa per questo), Adele e Valentina (per il tempo trascorso insieme), Federica, Marta, Daria, Paola, Gabriel, Patrizio e Danielina, per il passato condiviso, che non si può cancellare, né dimenticare per fortuna, Ornella, Monica, Giulia e Pierpaolo (per essermi sempre stati vicino, nonostante tutto), Seba e Rossella (per l'affetto di sempre), Valeria (per i suoi saggi consigli), John (per la sua sana pazzia), Loredana (per la bella persona che è), Fabiuzzo e Sebastiano, Andrea, Federica (per il suo grande coraggio), Michela (per la sua dislessia), Marella (per avermi accolto sperduta durante il primo Festival di Mantova a cui partecipavo e per non aver mai smesso di farlo) e sua figlia Olivia, Chicca (per la sua schiettezza), Veronica (per la sua ingenuità), Angela, Filippo e Carlotta, Sabrina, la mia estetista, e amica (per la pazienza e il tempo impiegato a togliermi i peli con l'elettrodepilazione, lavoro ereditato qui a Milano, dove mi sono trasferita, dalla paziente Katia, che ringrazio). Antonietta e Raffa, Annetta e Gabriellina, Lorenzo, cugino ritrovato, Toni, il papà di Luca, Angela, Andrea. Un pensiero speciale a chi mi ha visto crescere, che non c'è più ma a cui non smetterò mai di pensare: Alida, Babbo Giuseppe, Gianna.

Michela, Agnese, Claudia, Daila e Andreina, Elisa, il mitico Angelo. Chiara per la sua eleganza, che dimentica solo a Mantova, di fronte alle patatine. Francesca e Vanda. La mia cuginetta Sara, con cui ho condiviso tanto, e i miei amici del mare: Francesca, Claudia, Marilena, Stefano, Massimo, Alessandro e Paolo. I miei nuovi amici qui a Milano: Chiara, per le grandi risate, per il tempo trascorso insieme e per quello che verrà, per tutto quello che abbiamo condiviso e che lei conosce bene, Viola, per la sua dolcezza e per il coraggio di essere venuta a vivere nel mio stesso palazzo con Camilla, cane bellissimo ma posseduto dal demonio. Graziamaria per avermi permesso di entrare nella sua vita, Franco per il suo affetto quasi paterno, Annarita, Alessandra e Gabriella. Fernando, che qui ancora non mi ha conosciuto ma accadrà presto, purtroppo per lui. Lo stesso vale per la mia adorata Nuvoli, il mio amato Baccomo (per la parte fondamentale che avranno nel terzo libro) e la mia gemella siamese Federica (anche lei prima o poi avrà un ruolo da protagonista). Daniele, per essere sempre affettuoso con me. Eugenio e Gianfranco (i miei vicini di casa che ogni giorno mi fanno sentire meno sola). Il mitico Tommasella, Colombo e il suo elegantissimo pigiamino a righe, Vannuccini e Guglielmone, belli e «spietati». Ringrazio Paolo e Francesca, amici cari, e Maurizio che, se pur per un brevissimo periodo, ho sentito vicino. Cristina, che sopporta da anni le mie lamentele sui giornalisti, nonostante lei stessa sia giornalista. Ringrazio tutti loro per essermi accanto. Ringrazio Joe, Karen e Kasey per avermi accolto nella loro famiglia, in Texas, e per l'affetto che sempre mi dimostrano. Ringrazio Marco, per avermi letto e continuato a voler bene nonostante tutto, Massimo, primo illustre lettore di questo libro, per le bellissime parole che mi ha scritto dopo averlo letto. Antonio e Tiziano per la stima che sempre mi hanno dimostrato, ma soprattutto Giorgio. Un grazie speciale ai miei vecchi colleghi della Garzanti, che comunque mi hanno sopportato per quattro anni (non sono pochi), e ai miei colleghi attuali che poi sono gli stessi di quando scrivevo questi ringraziamenti qui nel 2011 (corsi e ricorsi della storia).

Mi sento in dovere di ringraziare anche gli uomini incontrati lungo il cammino, perché senza di loro, non avrei proprio saputo cosa scrivere, e tutte le persone che ho incrociato nella vita, sia quelle che ne hanno fatto parte per un breve istante, sia quelle che, purtroppo, ho perso per strada: le ringrazio perché mi hanno fatta diventare quella che sono. Ringrazio tutti i miei colleghi, presenti e passati, soprattutto Lisa, con i quali ho condiviso tanto, nonché gli editori per i quali ho lavorato, Sergio, Loretta e Pietro, Stefano e Michele. E ringrazio la persona senza la quale tutto questo non sarebbe stato possibile: Luca Briasco, perché senza di lui non ce l'avrei mai fatta. Senza il suo supporto e la sua fiducia non avrei scritto neanche una riga e non sarei qui ora. Ringrazio l'Einaudi e tutti coloro che ci lavorano, per avermi pubblicato e per aver creduto nella Gatta Morta.

Questo avveniva nel 2011.

Ora vorrei invece ringraziare di cuore Bruno Ventavoli, che ha creduto in me e che potrebbe essere un uomo uscito dalla penna di Nicolas Sparks, Alessandra Carati, e la mia agente e amica Silvia Donzelli.

Un grazie speciale al mio adorato Claudio Magris per il tempo prezioso trascorso insieme e che non dimenticherò mai.

Ad Andrea Vitali e a Manuela per la nostra profonda amicizia e per i miei futuri soggiorni a Bellano (spero non si pentiranno di avermi invitata).

A Romano Montroni e a Piera, per il loro profondo affetto e l'energia che mettono in tutto quello che fanno

Dulcis in fundo Benedetta Centovalli, che mi ha portata in Giunti, e tutte le persone che hanno avuto di nuovo fiducia in questo libro, tra tutti Donatella Minuto e Antonio Franchini. Le ragazze dell'ufficio stampa Giunti (che occupano un posto speciale nel mio cuore) e ovviamente tutti i librai! Vi ringrazio tantissimo. La Gatta Morta torna a vedere la luce del sole grazie a voi.

Ora credo di aver concluso. Ah no, scusate. Ringrazio un uomo (ovviamente sbagliato) che mi ha illuminata: mai avere fretta di regalarsi. Meglio fermarsi prima e capire se ne vale la pena. Un regalo è un regalo. Ringrazio ancora la mia mamma e il mio papà. Non riesco mai a dire loro quanto gli voglio bene.

Sommario

MISTO
Carta da fonti gestite in maniera responsabile
FSC® C023419
FSC
www.fsc.org

Stampato presso Lego S.p.A.
Stabilimento di Lavis